VENGANZA DELICADA

UN OSCURO ROMANCE DE UNA SOCIEDAD
SECRETA

ALTA HENSLEY

STASIA BLACK

Traducido por Mariangel Torres.

BOLETÍN DIGITAL

Para mantenerte al tanto de nuevos lanzamientos de libros y ofertas, suscríbete al boletín de noticias en español de Stasia [https://www.stasiablack.com/spanish-newsletter].

LA ORDEN DEL FANTASMA DE PLATA
Solicita el honor de su presencia a

EL SEÑOR EMMETT WASHINGTON

Para el preparativo de la celebración de las pruebas de
iniciación
EL SÁBADO VEINTITRÉS DE OCTUBRE
A las doce y media de la noche
La asistencia es obligatoria

Mansión Oleander
109 de la calle Oleander

CAPÍTULO UNO

EMMETT

FINALMENTE SERÍA MI TURNO. Había visto pacientemente a todos los amigos de mi grupo iniciarse en la Orden del Fantasma de Plata antes que yo. Walker y yo fuimos los últimos, y no veía la hora en que mi turno acabase. No sentía inquietud ni ansiedad por ser parte de la Orden por las mismas razones que Montgomery y Beau. No crecí esperando el momento en el que por fin alcanzase la mayoría de edad. No me criaron para esto como los hombres que pasaron antes que yo. No había ni una gota de sangre azul en mis venas; mi padre fue el primero en la familia en ser miembro de la Orden y yo sería el segundo.

Era sangre fresca y dinero joven, un forastero intentando pertenecer a una sociedad secreta que rara vez permitía la entrada a recién llegados.

Sin embargo, a los ancianos de la Orden se les hizo difícil negarle a mi padre acceso a su club lleno de personas ricas y poderosas. No pudieron resistirse a tenerlo formando parte de su sociedad cuando mi padre tenía más dinero en su meñique que varios de ellos juntos. El negocio de mi familia, aunque no era históricamente rico, generaba muchísimo dinero gracias al mundo de la tecnología, la energía solar y el hecho de encontrarse a la vanguardia del futuro. Nuestra nueva fortuna engullía los míseros millones que aquellos hombres pregonaban, así que compramos nuestra entrada al club de hombres.

¿Nos trataban diferente? La repuesta era un sí rotundo. Pero mi padre se había ganado su sitio y respeto, y ahora era mi turno de conseguir lo mismo.

¿Tendría que trabajar más duro que los demás hombres de mi grupo de iniciantes para demostrar que merecía convertirme en miembro de la Orden? Lo consideraba un hecho, pero estaba listo para el desafío. De hecho, me agradaba. Tenía planeado demostrarles a todos los miembros de la Orden lo mucho que pertenecía en esta sociedad oscura y retorcida que vivía detrás de los muros de la mansión Oleander.

Sabía que tendría que pasar por pruebas que no eran para débiles ni tímidos. Y a pesar de que la mayoría de las pruebas solo podían ser presenciadas por los miembros y yo solo había recibido información por rumores y anécdotas de mis amigos que habían pasado por ellas antes que yo, no podía evitar estar emocionado por mi oportunidad. Tenía sed por lo sucio, lo depravado, por cualquier cosa que sobrepasase límites.

A por ello. Estaba listo.

Entonces, cuando las campanadas del reloj sonaron y los Ancianos con sus túnicas color plata golpearon el níveo piso de mármol del salón de baile con sus bastones, mi momento por fin llegó. Me puse en pie con mi esmoquin blanco frente a una línea de bellas vestidas con una variedad de colores y diseños de vestidos de gala hechos a medida. Elegancia clásica que pensaba mancillar muy pronto. Cada mujer lucía muy pura, muy elegante y muy perfecta y, aun así..., pronto..., si las elegía..., serían todo menos eso.

Y joder, aquello me fascinaba.

Ya sabía lo que tenía que hacer por haber visto a los hombres que pasaron antes que yo. Me aproximé a las bellas con un lazo negro en la mano para elegir a la afortunada a la que corrompería los siguientes 109 días. Había muchas opciones, pero sabía que necesitaba arrancar el collar de perlas de una única mujer. Pero ¿quién sería?

Muy lentamente me pasé por la fila. No había un tipo de mujer que estuviese buscando. Necesitaba a alguien fuerte y que tuviese la fortaleza mental para soportar todo lo que los ancianos hicieran en nuestra contra. Fui descartando a cada bella que se negase a hacer contacto visual conmigo o que temblase ligeramente al pasar por su lado. Me gustaban las mujeres sumisas, pero quería ser el hombre que las hiciera ser así. Quería domar el fuego, no que ya fuese una débil brasa cuando yo llegase.

Y entonces la vi. Aunque tuve que verla dos veces, porque aquella imagen no encajaba.

¿Bellamy Carmichael?

¿Qué coño estaba haciendo Bellamy Carmichael en la Oleander? Se suponía que las bellas eran de las partes más pobres de la ciudad, y Bellamy era todo menos aquello. La recordaba del instituto Darlington. Aquella perra rica que acababa de presentarse en sociedad, porrista y reina del baile de promoción se encontraba de pie frente a mí con un vestido rosa como la princesa que creía que era.

Esa Bellamy Carmichael en persona. Sus ojos azules como el océano se conectaron con los míos en el momento en que me detuve frente a ella. Supe que me reconoció, pude ver que sabía con exactitud quién era yo, pero apartando sus ojos, el resto de su rostro se quedó sin expresión alguna. Tenía los hombros rectos y la postura rígida, y tuve que atribuirles a sus años de entrenamiento para concursos de belleza que tuviese una postura y compostura como aquella. Una brisa fuerte podría tumbar a algunas de las otras bellas a su lado, pero no a Bellamy.

Era fuerte, sin lugar a dudas parecía serlo.

Quise preguntarle qué hacía aquí. Quise preguntarle cómo se había convertido en una bella. Pero también conocía las reglas: no se podía hablar.

Quise volverme para mirar a Montgomery o a alguno de los otros hombres con los que había ido al instituto y comprobar si estaban viendo lo que yo veía. ¿Reconocerían a Bellamy? Habían pasado años desde que fuimos al colegio, pero seguía siendo una dama del sur de Georgia en nuestra sociedad. Se relacionaba con los demás en las fiestas, las cenas, los compromisos de clase alta y, aun así, ahora estaba en los abismos del deprave. ¿Sería un error? Seguramente sabía lo que ocurría en la Oleander, no era ajena a los relatos de lo que sucedía bajo el velo de secretismo de la Orden del Fantasma de Plata. Sabía bien lo que pasaría si la escogía...

¿Entonces por qué estaba de pie con su reluciente cabellera rubia, sus brillantes labios de color rosa y su perfecta figura de reloj de arena rogándome que la seleccionase como mi bella?

Cielos... su madre. A su madre le iba a dar un infarto si se enteraba de que su preciada niña estaba en el salón de baile blanco de la Oleander. Pensar eso hizo que una sonrisa se asomase en mis labios. De cierto modo me gustaba pensar en el escándalo que esto causaría. Mentiría si dijese que no me gustaba imaginarme mancillando esta perfecta imagen de pureza que tenía enfrente.

Y entonces una punzada de inferioridad me embistió el estómago como un camión. ¿Podría con Bellamy? ¿Era digno yo de tenerla como mi bella? Se trataba de Bellamy Carmichael.

Pasaba igual que en el instituto: ella era la popular, y yo era todo menos aquello. Y la odiaba por ese motivo. Una ira silenciosa remplazó rápidamente mi breve falta de seguridad, y sin pensarlo mucho más, cogí las perlas que llevaba en el cuello y se las arranqué.

Sí, sería mi bella y me complacería grandemente quebrarla.

Venganza. Una venganza delicada sería mía para cuando terminásemos con la iniciación. No sería una venganza hacia ella, sino hacia el pasado. La haría pagar por todas las veces que deseé que me volteara a mirar y me considerase, y también usaría la fortaleza que siempre había poseído para consolidar mi posición en la Orden.

Sí, Bellamy Carmichael sería una bella perfecta.

Até la cinta negra a modo de lazo alrededor de su cuello al escuchar:

—Emmett Washington, ¿has escogido a tu bella para la iniciación?

Di un paso atrás, me aparté de Bellamy, con su perfecto vestido de princesa que pronto le arrancaría, y asentí.

—He escogido a mi bella.

El fuerte sonido de un bastón que se estrelló en el suelo y murmullos de la Orden fueron lo último que oí antes de que nos sacaran a Bellamy y a mí del salón de baile y nos condujeran a la habitación del segundo piso para consumar mi decisión. Sabía lo que esperaban a continuación.

¿Lo sabía Bellamy? ¿Sabía que estaba a punto de follarla con los ancianos de audiencia?

La miré de reojo y susurré:

—Bellamy.

—Emmett —replicó sin más, sin volver la cabeza para mirarme.

—¿Esto es lo que quieres? —tuve que preguntarle. Tenía que saberlo—. No es tarde para echarse atrás.

Aún había bellas en el piso de abajo entreteniendo a los ancianos, así que sabía que podía elegir a otra mujer si terminaba acobardándose. Ahora que la realidad podía estar propinándole un bofetón en la cara, quise darle esta oportunidad de último momento para que huyese con su valiente y muy ingenua cola entre las piernas.

Era imposible que esta damita de sociedad sureña supiera en lo que se estaba metiendo. No de lleno.

—No estaría aquí si no.

Y ahí estaba la insolente Bellamy que recordaba.

Sin embargo, quería una conversación completa, fuese insolente o no. Quería mirarla a los ojos mientras hablábamos. Tenía muchas preguntas, y aun así no había tiempo para ninguna. Tampoco quería que me importase el porqué de su presencia aquí, pues no quería verla como nada más que una bella que usaría para ganarme mi lugar en la Orden. El conflicto de emociones me hizo preguntarme si hice una buena elección. Tal vez haber elegido una completa desconocida habría sido mejor... y a pesar de ello las perlas ya estaban rotas y ya había tomado la decisión. Estábamos en marcha y nada podía detener el progreso de la noche.

A medida que entramos en la habitación, rodeados por las antigüedades de ancestros que no estaban en mi linaje y muebles que contenían recuerdos familiares que no me pertenecían, hice un voto en silencio de no dejar que esta mujer me liase la cabeza. No volvería a ser el niño callado y empollón del instituto que estaba enamorado de la preciosa chica popular que gobernaba los pasillos de Darlington. No me permitiría sentirme inferior, ni tampoco dejaría que ella tomase el poder y el control. No, no dejaría que mi poder flaquease ni un poco.

Como si los ancianos estuviesen leyéndome la mente y hubiesen sentido la necesidad de puntualizar mi voto interno, sacudieron sus bastones y anunciaron:

—Que comience la consumación.

Le había dado a Bellamy la oportunidad de salir de escena y ella decidió quedarse, así que, a estas alturas... que comience el juego.

Nos acercamos a la cama y los ancianos se alinearon al pie de la misma, preparados para observar cada uno de nuestros movimientos. Era algo retorcido y a la vez un desafío que aceptaba. Si los cabrones querían verme tener sexo con Bellamy, tenía en mente darles una buena actuación.

Sin vacilar, cogí a Bellamy por el antebrazo y le di la vuelta para poder desabrochar su lindo vestido rosa. No podía esperar otro segundo más para ver si Bellamy, desnuda, estaría a la altura de mis expectativas de colegial.

El vestido cayó a sus pies, y aunque llevaba puesta una sensual lencería de encaje blanco, no tuve la paciencia de apreciarla antes de girarla para que me viese al rostro y quitarle hasta el último trozo de tela que le quedara. Retrocedí para poder apreciar su belleza de primera mano. Sí, Bellamy cumplía con cada maldita fantasía que tuve y mucho más. El pene se me puso tan duro que tuve que quitarme la ropa para aliviar algo de la presión, y en todo ese tiempo Bellamy se limitó a quedarse de pie frente a mí, aunque la pillé varias veces mirando con incomodidad a los ancianos de la habitación.

Sí, mi querida Bellamy, están mirándote.

Podía ir lento toda la noche y torturar a la muchacha, pero mi palpitante miembro me gritaba que quería estar en su interior. La lentitud tendría que ser para otra oportunidad, y el destello de miedo que vi en sus ojos tuvo éxito en que quisiese ser algo misericordioso con ella. Solo un poco, ya que a veces podía llegar a ser un sádico de mierda, y, sobre todo, en la cama.

Justo cuando estaba preparándome para atacar, Bellamy se encargó del asunto ella misma y se inclinó sobre la cama, sacó el culo y abrió las piernas ligeramente para que pudiese ver los labios rosados de su sexo pidiéndome que enterrase mi pene entre ellos. Estaba tomando el control. Sí, eso era exactamente lo que estaba haciendo. Estaba diciéndome en silencio que acabase con esto. Su lenguaje no verbal justificaba un castigo. Dentro de poco aprendería que yo no aceptaba órdenes de nadie por más sutil o sexy que fuera.

Y no tenía tanta misericordia para follarla sin más y terminar con todo.

—Ponte de espaldas —le ordené mientras me acercaba a ella—. No puedes esconderles a los ancianos esas tetas que tienes ni tampoco tu coñito. Quiero ver cada parte de ti en todo su esplendor.

No se movió de inmediato, así que hice contacto con mi palma en su nalga, azotándola con fuerza por su desobediencia, y luego le di la vuelta. Tenía los ojos vidriosos con lágrimas de vergüenza y le temblaba el labio, pero, cuando bajé el dedo para sentir su sexo, sonreí de forma perversa. Mi señorita sureña estaba mojada.

—¿Qué te excitó, belleza? ¿Fueron todos los ojos que te están viendo portarte muy mal, o fue saber lo que pasará luego? —Metí mi dedo húmedo en su agujero, lo cual causó que soltase un jadeo y arquease la espalda.

Cerró los ojos y se mordió su labio brillante.

—No. No cierres los ojos. —Usé ambas manos para abrir sus labios vaginales, mostrándoles su clítoris a todos los que observaban—. Ábrelos tanto como van a estar estos labios. Todos queremos ver lo mojada que estás.

Centró la vista en los ancianos y luego en mí. Podía ver el «vete a la mierda» que se materializó en sus ojos azules.

—No tienes derecho a bloquear esto de tu mente, ni tampoco a esconderte. —Solté sus labios, pero volví a introducir mi dedo en su interior. Luego metí otro más y la penetré con los dedos, estirando su estrecho agujero en el proceso.

Cerró los ojos y gimió con fuerza. No pude evitar disfrutar de esto a pesar de que estaba rompiendo mi regla.

—Los ojos se quedan abiertos —la advertí de nuevo, haciendo un movimiento de tijeras con mis dedos al mismo tiempo.

Ella abrió los ojos de forma obediente y me miró fijamente. Una única lágrima escapó del rabillo de su ojo. La gotita mezclada con su rímel creó una raya oscura que bajó por su rostro. Aquella sucia hilera hizo que mi miembro palpitase con la anticipación de ver más.

—Me gusta verte llorar, Bellamy. Lo que más me gusta son esas lágrimas sucias.

También me encantaba que no intentara cerrar las piernas ni impedir que la follase con los dedos frente a una sala llena de espectadores. Por supuesto que no podía leerle la mente, pero sí que podía leer las acciones de su cuerpo, y los jugos sexuales que me llenaron la mano me dijeron todo lo que necesitaba saber.

Dios, había tantas cosas que quería hacerle, tanto que quería explorar. Quería probarla, quería ver cómo reaccionaría su cuerpo al arsenal de actos sexuales que quería hacerle, pero tampoco sabía que tendríamos 109 días para probar cada límite. Por ahora, necesitaba penetrarla tanto como necesitaba seguir respirando.

Relevando mis dedos con mi pene, embestí su cálido interior con un sonoro gruñido. La necesidad primitiva de reclamarla se apoderó de todos los demás sentidos que tenía. Cuando estuve enterrado hasta el fondo, me detuve, contemplé bien su rostro y le di la vuelta para que mirase a los ancianos.

—Míralos mientras te follo, Bellamy. —Comencé a penetrarla con una necesidad agresiva de dominar su cuerpo—. Quiero que te acostumbres a nuestra audiencia. Van a verme quebrarte hasta que seas mi sumisa perfecta. Van a verme sacarte esa terca y mimada debutante que hay en ti.

Su cuerpo se balanceó de atrás hacia adelante mientras la follaba con fuerza. Mantuvo los ojos abiertos y yo inmovilicé su cabeza, obligándola a enfrentarse a su vergüenza y a los demonios contra los que sabía que debía estar luchando. Y le gustase o no, mi bella no pudo contener los gemidos que se escaparon de sus labios entreabiertos. Dentro y fuera, en lo más profundo, esta mujer sería mía.

Sin olvidarme de que tenía una audiencia a la que estaba dando un espectáculo, me levanté de su torso para que los ancianos pudiesen ver sus perfectos pechos rebotar con cada embestida. Más les valía a esos canallas que estuviesen agradeciéndome en secreto por la imagen que tenían la maravillosa oportunidad de ver. Y es que, joder, Bellamy era un espectáculo. La mujer era todo lo que me podría haber imaginado y más: tenía pechos grandes, culo grande, curvas suaves y el coño más apretado en el que había estado.

La contracción en mi miembro y el delicado grito de mi bella me bastaron para sentir mi orgasmo entrar en erupción desde las profundidades de mi ser. Al fuerte gruñido que solté cuando me corrí le siguieron los golpes de bastones, lo cual me hizo recordar bien dónde estaba y lo que pasaría en los próximos meses. Y aunque había terminado por los momentos, no había hecho más que beber un sorbo de la copa de depravación. Para la próxima tenía toda la intención de bebérmela de un trago.

CAPÍTULO DOS

BELLAMY

TAN PRONTO COMO el último anciano salió de la sala y la puerta se cerró tras él, le di un tirón a la sábana para cubrirme los pechos y fulminé a Emmett con la mirada.

—¿Era necesario eso?

Él se quedó mirándome con frialdad.

—¿Qué quieres decir?

Lo miré boquiabierta. Tenía una cierta idea sobre lo que pasaría esta noche.

Sabía que me elegiría. Tal vez era engreída por pensarlo, pero la mitad de los muchachos del instituto Darlington estaban chiflados por mí. Y Emmett, con sus enormes ojos de cachorrito, no había sido ni la mitad de sutil de lo que creyó que era.

No es que me importase en aquel entonces.

Estaba muy desesperada por posar como la abeja reina del instituto. Toda perfección por fuera para que nadie pensase en cuestionarse nada de lo que sucedía de puertas adentro.

Y Emmett Washington no fue más que un chico desmañado que seguía a todas partes a los verdaderos herederos que dirigían el colegio. A duras penas lograba que le quedase la ropa costosa que sus padres, llenos de dinero nuevo, le compraban.

Pero el Emmet que acababa de inmovilizarme y exigirme cosas tan sucias con la voz de un hombre que sabía que cuando diese órdenes la gente le obedecería... Mierda, ¿dónde se había estado escondiendo todo este tiempo?

Me senté erguida en la cama para poder verlo por debajo de la nariz, gesto cien por ciento Carmichael.

—Lo que quiero decir es que no tenías que darles un espectáculo así. —Moví la mano para señalar la puerta—. Fue inapropiado. Todo lo que debíamos hacer era cumplir con el requisito de tener sexo. No tenías que montar todo un circo.

Emmet me sonrió maliciosamente y no se movió para taparse. La circunferencia de su pene apenas se había relajado y seguía estando bastante grande, hasta descansando en su muslo.

—No creo que hayas captado cómo funciona esto, princesa. Yo soy el que está a cargo aquí. Tú eres mi bella y haces lo que yo te digo.

Levanté las manos.

—Pero has elegido a alguien que sabe un poco sobre cómo van estas cosas. ¡Cielos, mi madre almuerza con las esposas de todos estos hombres! ¡Si hubiera sido hombre, estaría dentro de la Orden tal como lo estuvo mi padre!

Dejó de sonreír y avanzó hacia mí en la cama.

—¿Entonces qué haces aquí? ¿Y por qué te dejaron entrar? Pensé que estaba estrictamente prohibido para... —Volvió a sonreír y me miró de arriba abajo como si estuviese encontrando algo que me faltase—... mujeres como tú.

Alcé el mentón.

—¿Quieres decir mujeres con clase?

Me miró con molestia.

—Me refiero a mujeres con muchos aires de superioridad para poder agradecer la oportunidad. Lo cual parece que eres. Así que dime, Bellamy, ¿he cometido un error al escogerte?

Le devolví la mirada asesina.

—Sabes que no. —Permití que algo de malicia surgiese en mi sonrisa—. Después de todo, estuve aquí. —Señalé nuestra posición en la cama—. Parecías complacido con tu elección.

Sus ojos se volvieron fríos y calculadores como los de una serpiente a la vez que me devolvió la sonrisa.

—Y tú también. ¿Es por eso que te has ofrecido para ser una bella, para que te pudiesen follar duro como una puta? Seguro que si meto la mano entre tus piernas ahora mismo sigues mojada para que te lo haga otra vez.

—Ya quisieras, hijo de puta.

Uno de sus dedos apareció bruscamente frente a mi rostro.

—Esta es tu primera y única advertencia. Te dirigirás a mí como señor.

Me reí, no pude evitarlo. No podía ser verdad. No podía hablar en serio.

Pero no se estaba riendo... ni mucho menos sonriendo.

—No estoy bromeando—aclaró—. Si vamos a hacer esto, lo haremos a mi manera. Si no quieres, puedes mover tu lindo culito rosa, bajar las escaleras y salir por la puerta.

—Pero... —Me resistí—. En las reglas no dice que deba llamarte...

—Estas son mis reglas, y las reglas dicen que la bella debe complacer a su iniciado en todo momento.

Por un segundo me quedé boquiabierta y nada más. Había oído sobre estas pruebas durante años entre susurros y rumores, y nunca había oído algo como esto.

—¿Y qué? —le pregunté—. ¿Quieres que sea tu esclava las veinticuatro horas del día y ya?

La verdad más honesta del mundo era que debí haber huido tan pronto como vi sus ojos iluminándose al oír mi pregunta.

—Eso es exactamente lo que quise decir —dije, sin ceder ni un ápice.

—Pero...

—Sin peros —me interrumpió.

—¡No es justo! —me quejé.

Él se rio al oír aquello y no fue una risa amable ni feliz. Solo se acercó a mí y me sujetó la barbilla. No dolió, pero me agarró fuerte.

—¿Piensas que la vida es justa, princesa? —Negó con la cabeza y nunca vi tanta oscuridad en sus ojos—. Bueno, ese es tu primer error. ¿Crees que fue justo que nacieras con todo mientras que alguien como mi madre nació sin nada? ¿Crees que es justo que todas las mujeres que compitieron por tu lugar necesiten el premio que viene con pasar estas pruebas mucho más de lo que tú lo necesitarás, pero que aun así te haya elegido? ¿Crees que es justo que la gente muera de hambre y enfermedades en este planeta día tras día, pero que tú comas con cubiertos de plata la mayoría de los días de tu vida?

Se fue acercando más a mi rostro con cada palabra que dijo, y seguía sujetándome de la barbilla.

—Despierta. Estás a punto de hacer un curso intensivo en justicia, princesa. Porque la puta vida no es justa.

Me alejé de su mano y se limitó a sonreír.

—¿Por qué sientes tanto odio? —le pregunté con ganas de empujarlo por el pecho o golpearlo. Quería herirlo como me estaba hiriendo con sus palabras.

¿Creía que me conocía porque me había visto de lejos por

unos años en el instituto? Podía irse a la mierda. No me conocía. Ninguno de ellos me conocía.

—No es odio, princesa.

Lo fulminé con la mirada.

—Deja de decirme así, joder.

—Princesa. Te diré como se me venga en gana, y tú me obedecerás como tu amo estemos abajo en las pruebas o el resto de tiempo.

Estaba loco. De verdad estaba mal de la cabeza si pensaba que...

—Fuiste tú quien se apareció en donde no pertenecía, princesa. Si no estás de acuerdo con los términos de mi contrato, todo lo que tienes que hacer es bajar las escaleras e irte.

Maldito sea.

¡Maldición! Me tenía entre la espalda y la pared y lo sabía, aunque no supiera los detalles.

Recordé el día de la boda, cuando tontamente se me ocurrió este plan. Vale, nada de esto era mi idea. Fue idea de mi madre prostituirme para salvar la fortuna de la familia, pero fui yo quien eligió a Emmett como una idiota, pues pensé que sería el más sencillo de domar entre los dos últimos solteros que quedaban.

Ja.

Ja, ja, ja, ja. Miré al hombre de ojos negros frente a mí. Movería un camión pesado más rápido de lo que haría cambiar de opinión a este obstinado imbécil que me quería como esclava.

¿Una esclava? Tenía razón en ciertos aspectos: había crecido mimada, y lo que me estaba pidiendo... Bueno, ¿qué era lo que me estaba pidiendo?

—¿A qué te refieres con un contrato? —le pregunté. Un

buen negociador nunca tomaba una decisión antes de tener todos los hechos.

—Discutimos los límites absolutos y relativos, lo que estás dispuesta a hacer o no. Yo resumiré lo que espero de ti en este intercambio de poder.

Su tono había cambiado por completo, como si fuese un abogado que discutía las cláusulas de una reunión de negocios.

—Si hay algo que no estás dispuesta a hacer en absoluto, sexualmente o de otra manera, lo hablaremos y negociaremos. Tendrás una palabra de seguridad que detendrá todo el juego si sientes que las cosas se han ido más allá de tu zona de confort. Pero en esta situación, a diferencia de una verdadera dinámica BDSM, usar tu palabra de seguridad significa que te vas de la mansión y que te retiras de las pruebas antes de tiempo, por lo cual fracasarás.

Solo pude quedarme sentada pestañeando por varios segundos.

—¿Por qué quieres volver las pruebas más difíciles de lo que ya son? ¿Es que no quieres pasarla y convertirte en miembro del Fantasma de Plata?

Emmett se encogió de brazos.

—Sí, pero quiero hacerlo bajo mis términos. Parte de firmar un contrato como ese es generar confianza con mi sumisa. Nunca debo presionarte hasta el punto que tengas que usar tu palabra de seguridad, pero sí te presionaré. Tengo la intención de demostrarles a los ancianos que soy todo lo que están buscando en un iniciado y más. Y les demostraré eso contigo.

Solté un suspiro. Dios mío, ¿en qué me había metido?

Pero antes de que pudiera pensar mucho más, Emmett se levantó, tan desnudo como el día en que nació, y debía admitir que se veía tan gloriosamente guapo como un dios con todos esos músculos y su firme culo.

Aparté la vista antes de que me atrapase mirándolo. Al rato volvió a la cama y tenía documentos de verdad entre manos. No estaba tomándome el pelo con el contrato.

Tampoco era solo una página ni dos; era un paquete encuadernado con una página de contenidos. Me quedé con los ojos abiertos como platos a la vez que Emmett se sentó y empezó a pasar las páginas del documento y leerlo con la misma voz de abogado que antes.

Términos..., metas..., los derechos y responsabilidades del amo.

Pero fue cuando llegó a la parte de las responsabilidades y disponibilidad de la esclava que las cosas se pusieron bastante interesantes. La esclava siempre debía estar disponible para el amo en el acuerdo que Emmett estaba proponiendo. Era un intercambio de poder las veinticuatro horas del día, siete días a la semana. Tragué saliva al pensar en ello. ¿Podría hacerlo? ¿Podría renunciar al control de mi vida cada minuto durante tres meses?

De todas formas, era a lo que básicamente pensaba que estaba renunciando, solo que había asumido que tendría tiempo para mí misma en la habitación. Algo de tiempo muerto aquí y allá.

Pero tal vez esto sería mejor. ¿No sería interesante, por no decir refrescante, no tener que preocuparse por nada durante tres meses? ¿Tener a alguien más que tomase todas las decisiones y asumiese todas las responsabilidades por un rato?

Entonces entrecerré los ojos para mirar a Emmett, quien continuaba leyendo la lista de posiciones sexuales, juguetes y fetiches, algunos de los cuales me dejaron la mirada desorbitada.

De inmediato taché la parte de *fisting*. No, gracias. Sigamos. Él puso los ojos en blanco, pero no me presionó. Cielos, ¿es que de verdad...?

No, no iba a pensar en ello. A seguir adelante.

Tuve que preguntarle sobre otros términos, cada uno más revelador que el anterior. Siempre me consideré una persona bastante abierta en lo que tenía que ver con el sexo, pero comparado con las cosas que estaba describiendo, me sentía como la ingenua chica de pueblo que era.

No me gustaba. Y ciertamente no me gustó cuando llegamos a la sección llamada castigos.

—¿Cómo? —pregunté—. ¿Castigo? No soy una cría.

Él enarcó una ceja.

—A las sumisas malcriadas se les castiga.

—Mal... —me callé y sentí que todo el calor se me iba a las mejillas.

—Contestar, no obedecer rápido, poner a prueba mi paciencia, no estar a la altura de mis duros estándares.

Puse los ojos en blanco y él estiró el brazo para cogerme por la nuca del cuello y que pudiera verlo a los ojos y nariz contra nariz.

—Voltear los ojos —dijo con un gruñido bajo que por alguna ridícula razón hizo que se me endureciesen los pezones.

Quise apartarlo de un manotazo, pero no lo hice. Me limité a apretar la mandíbula y preguntar entre dientes:

—¿Y qué supondrán estos «castigos»?

Una sonrisa verdaderamente perversa cruzó su rostro ante aquella pregunta.

—Ah, ya verás, princesa. Ya lo verás. Entonces, ¿vas a firmar el contrato o te irás ahora mismo? —Extendió un bolígrafo que había sacado mágicamente de algún lado.

Tragué saliva y exhalé de forma tan queda como pude.

No tenía elección.

Le quité el bolígrafo y firmé en la línea de la última página junto al lugar donde había escrito mi nombre con una pulcra caligrafía.

¿Por qué tenía la sensación de que acababa de entregar toda mi vida, dignidad y futuro?

CAPÍTULO TRES

EMMETT

SIEMPRE HABÍA sentido debilidad por tener una sumisa en la cama por la mañana. Cabello alborotado, maquillaje regado y el distante aroma a sexo de la noche anterior eran mi droga más adictiva, pero no hoy. No le pondría una mano encima a Bellamy..., por los momentos. Sin duda tendríamos tiempo suficiente para compensarlo por la noche, pero la mañana era más para observar, aprender y analizar cada movimiento que hacía con el fin de saber cómo llevarla más adelante.

Lo primero de lo que me percaté era que... era tímida. Por lo menos en lo que respectaba a su cuerpo y su apariencia. No pasaron desapercibidos sus movimientos sutiles para intentar ocultarle su desnudez a mis ojos a primera hora de la mañana. No estaba arreglada como una muñeca perfecta y su belleza natural claramente la incomodaba. En el momento en que salió del cuarto de baño tras pasar demasiado tiempo en la ducha y lo que sea que haya hecho de puertas para adentro, advertí enseguida una seguridad renovada en ella. Era casi como si tuviese la cara pintada para la guerra y estuviese lista para la batalla.

También la recordaba siendo muy sociable y conversadora. Sabía cómo hacer amigos en una fiesta cual verdadera socialité del sur. Pero hoy se encontraba muy callada; me dijo unas pocas palabras y parecía observar mis movimientos nada más. No cabía duda de que me estaba analizando tanto como yo a ella.

Cuando nos sentamos en el comedor formal en extremos opuestos de la mesa extraordinariamente larga, nos quedamos mirándonos mientras esperábamos que la señora H llegase con nuestro desayuno.

—¿Has dormido bien? —empecé, pues sentí que esperaba que yo dijese la primera palabra.

—No —respondió con simpleza sin dejar de mirarme a los ojos—. No veo cómo podría haberlo hecho, considerando que compartimos cama, y desnudos, según tus órdenes.

—Pude haberte atado a la cama o ponerte a dormir a mis pies. Hasta pude haber traído una jaula y obligarte a dormir adentro como si fuerasmi mascota —repliqué con una sonrisa perversa—. Considérate afortunada y agradece la posibilidad de dormir en la cama cuando mi única expectativa es que te quedes desnuda.

No dijo ni una palabra más, se limitó a mirarme con mala cara. Evidentemente sería una lucha de voluntades. Podía ver la chispa debajo de sus ojos azules. Esta mujer sería un desafío, pero pensar en eso hizo que mi miembro palpitase.

La señora H entró a la sala y nos dedicó una cálida sonrisa.

—¿Qué puedo ofrecerles de desayuno?

—Para mí huevos revueltos, una tostada y un tazón de frutas —dije—. Y un café negro, por favor.

La señora H asintió y miró a Bellamy después.

—¿Y para usted?

—Comerá lo mismo que yo —ordené en su lugar.

Bellamy me apuñaló con la mirada mientras abría la boca para pedir por sí misma.

—Me tomaré un café y algo de fruta —soltó, ofreciéndome la mirada más repugnante que pudo.

—Comerá exactamente lo que yo coma —reafirmé, entrecerrando los ojos y apretando la mandíbula al mismo tiempo. No me gustaba que me desafiasen, en especial frente a alguien más.

La señora H me miró y negó con la cabeza.

—Emmett, ¿podemos ahorrarnos la dominancia para las pruebas, por favor?

—Comerá lo mismo que yo ordené y punto.

Bellamy se revolvió en su puesto y noté que la incomodó la forma en que la miré, lo cual era algo positivo. Significaba que tenía sentido común y sabía que me estaba presionando con su comportamiento obstinado.

—Comeré lo que él coma —dijo por fin Bellamy con una voz más queda, pero enderezó la espalda y alzó el mentón como si aquello le diese una especie de poder secreto.

La señora H sonrió y negó con la cabeza.

—Será mejor que arreglen sus problemas. No seré parte de sus juegos a la hora de cada comida. —Se volvió hacia mí y me señaló—. Y tú no te creas ni por un segundo que puedes ir por ahí dándome órdenes.

Le sonreí ampliamente y asentí.

—Jamás pensaría algo así. Gracias, señora H.

Cuando se fue para traer el desayuno, respiré hondo y dejé que la pesadez del ambiente recayese sobre Bellamy. Tal vez esperaba que la castigase o que le gritase, pues su cuerpo estaba tenso. Mi expresión lo decía todo; sabía que tenía la habilidad para derrumbar a la persona más fuerte de la sala de

conferencias con la intensidad que exudaba. Y por lo intran-
quila que parecía sentirse Bellamy, mi silencio no hacía más
que empeorar la tensión de la mesa.

—No quería huevos ni tostadas —dijo finalmente.

—No te lo pregunté.

—No necesito que pidas por mí.

Me recosté en la silla y me crucé de brazos.

—Quítate las bragas —le ordené con una voz firme y
tranquila.

Abrió los ojos de par en par, se quedó boquiabierta, la
cerró y luego volvió a abrirla.

—¿Perdona?

—Te he dicho que te quites las bragas.

Centró la vista en la puerta por la que acababa de salir la
señora H y luego me miró.

—¿Por qué diablos voy a hacer eso?

—Bellamy —dije con tono de advertencia las sílabas de su
nombre—. Te lo diré una vez más. Quítate las bragas ahora. Si
no haces lo que te pido, me levantaré, iré a dónde estás y te las
quitaré yo mismo. Pero si tengo que pararme de la silla para
hacerlo, habrá consecuencias.

Un color rosa tiñó sus mejillas mientras mordisqueaba la
comisura de sus labios.

—Emmett, ¿es necesario hacer esto? —Empecé a levantarme, pero me hizo un gesto rápido con las manos para que
me quedase en mi asiento—. Vale, vale —dijo rápidamente.

Echó un vistazo a la puerta una última vez, estiró la mano
por debajo de la mesa, se levantó el vestido y se bajó las bragas
de encaje hasta los tobillos. Se inclinó para quitárselas como
se lo indiqué. Levantándolas y haciéndolas pender de su dedo
índice, me preguntó:

—¿Y qué quieres que haga con esto ahora, todopoderoso
señor?

Su audacia e insolencia renovada medieron muchas ganas de reírme, pero apreté la mandíbula para controlar el impulso.

—Déjalas junto a la servilleta en la mesa. Se quedarán ahí durante todo el desayuno para recordarte que te comportes. No tolero que se me cuestione frente a los demás. Si quiero pedir tu comida, si quiero supervisar el cuidado de mi sumisa y si quiero ser quien esté a cargo de lo que te sucede en todo momento, pues lo voy a hacer. ¿Entendido?

Dejó las bragas sobre la mesa, pero pude ver que no estaba para nada feliz.

—¿Entendido? —le pregunté de nuevo a la fuerza. Me daba cuenta de que podría necesitar una sesión con ella muy pronto para enseñarle con exactitud lo que sucedería si ponía a prueba mis límites.

—Sí —replicó por fin, y al mismo tiempo me dijo silenciosamente con los ojos que me fuera a la mierda.

—¿Sí qué? —la presioné, sin prestar atención a la rebeldía que claramente se esforzaba por contener.

—Sí, señor —escupió justo cuando la señora H volvió a entrar a la sala con un café que hacía bastante falta.

Cuando la señora H vio las bragas en la mesa, sacudió la cabeza sin decir una palabra. Se fue en silencio para buscar el resto del desayuno.

—¿Avergonzarme es parte de todo esto? —preguntó Bellamy.

—Si es necesario... —respondí—. Está claro que te han mimado toda tu vida. Nunca has tenido a nadie que te diga que no ni que se encargue de ti.

—¿Qué se encargue de mí? ¿Qué quiere decir eso?

Me reí mientras bebía un sorbo de café.

—Ah, pronto lo descubrirás. Confía en mí.

—Y tú no me conoces —replicó ella mientras se cruzaba de hombros, y no bebió de su café; es como si estuviese contaminado por haberlo pedido yo—. Puedes ponerte a asumir que me conoces, pero no tienes ni idea de la vida que he tenido que vivir ni la que vivo ahora.

—No necesito hechos —afirmé—. No solo te recuerdo como una niña malcriada en el instituto Darlington, sino que también te he visto ir de fiesta en fiesta y de un hombre a otro tratando de atrapar en tus redes a algún rico y poderoso.

No pudo ocultar la mueca de desprecio en su rostro. La había hecho enfadar, pero suponía que era lo que sucedía cuando no estaba acostumbrada a que alguien le dijese la verdad. Encontrarse rodeada de personas que le dijesen que sí toda la vida la había pulido como un diamante, pero también le había imposibilitado ver sus fallas.

Hace tiempo yo también había estado ciego a ver esas fallas. Me había embobado demasiado su brillo, al igual que a los demás. No estuve en el sistema escolar del instituto Darlington desde que nací, a diferencia de los otros chicos. A mí me transfirieron desde California en el segundo curso de la secundaria. No siempre fuimos adinerados, pero papá logró hacerse muy rico construyendo su negocio desde cero.

Empezó en la industria solar y se expandió hasta la rama de los vehículos eléctricos, y después de eso el cielo fue el límite. En todo el sentido literal de la palabra. Ahora estábamos construyendo cohetes y nos unimos a la carrera espacial. Era menos ostentoso que algunos de esos imbéciles multimillonarios, y tampoco estaba muy interesado en estar en el foco de los medios.

Pero cuando nos mudamos a aquel sitio, estaba apenas amasando su poder y comenzaba a entrar en la industria de los automóviles. Esa fue la razón por la que se mudó: había construido una fábrica a las afueras de Atlanta. La Orden del Fantasma de Plata lo dejó entrar por los pelos, y fue solo porque había hecho una cuantiosa donación a la sociedad con la que estuvieron de acuerdo.

Encajar había sido igual de difícil para mí. Montgomery y los demás muchachos me dejaron entrar en su grupo, pero no había duda de que era un extraño. Era un delgaducho de California cuya voz ni siquiera había cambiado aún. Me gustaban las matemáticas más que ver fútbol o jugar videojuegos y no hacía más que pegarme a los demás, pero todos fingíamos que no era así para poder olvidar que era el dinero de mi padre lo que me había comprado esas amistades.

Excepto Bellamy Carmichael. Ella era hermosa y popular; la chica que todas querían ser y con la que todos los hombres querían acostarse. Y era igual de intocable; solo salía con estudiantes de último curso, y cuando por fin lo fuimos, salía con universitarios. Ciertamente, nunca les dio una oportunidad a los chicos del colegio, a pesar de que sí solía quedar con mi grupo de amigos.

Para cuando llegamos al instituto, los chicos y yo éramos buenos amigos. Había aceptado que ellos cinco siempre serían mucho más cercanos de lo que serían conmigo, lo cual era inevitable, ya que habían crecido juntos desde la cuna. Mi cuerpo ya había cambiado y dejé de ser tan larguirucho, hasta tenía citas de vez en cuando.

Fue luego de que papá firmase el contrato con la NASA y de que yo me sintiera más seguro que nunca que por fin tuve la valentía de hablarle. Bellamy. La diosa a la que había adorado en la distancia por cinco años. Se sentaba en la mesa con nosotros cada día y nunca me dirigía ni una palabra. Para ser honesto, yo tampoco le había hablado.

Pero esa era mi oportunidad.

· · ·

HACE *una semana había hablado muchísimo sobre su ruptura con su novio más reciente y el baile de graduación era en tres semanas.*

Era ahora o nunca.

Luego de que la campana sonase para indicar el final del almuerzo, dejé mi bandeja en la mesa y me apresuré a interceptar a Bellamy antes de que pudiese huir a su próxima clase.

—Eh, Bellamy —dije, y tragué saliva con fuerza. Dios, ¿por qué mi voz sonaba tan ronca de la nada? Podía oír mi corazón latir en mis oídos.

Ella se detuvo en medio del camino, frunció el ceño y sacó su móvil para revisar sus mensajes de texto.

—¿Quieresiralbaileconmigo?

—¿Qué? —Levantó la mirada de su móvil.

Tosí un poco y me aclaré la garganta.

—El baile... esto... la graduación. ¿Quieres ir? Digo... eh... ¿conmigo?

Ella volvió la cabeza para mirar a su alrededor con ojos bien abiertos. Varias personas estaban observándonos. Mierda. No era mi intención tener una audiencia de gente. Este no era más que el sitio en el que sabía que podría hallarla todos los días.

Abrí la boca para decir algo más, tal vez disculparme por pedírselo de esta forma, o para decirle que me gustaba desde hace mucho tiempo y que me gustaría conocerla mejor, para decirle que la veía por lo que era. Que sí, la mayoría del tiempo estaba sonriendo y montando un espectáculo para los demás, pero que yo veía que a veces lucía triste y perdida cuando pensaba que nadie más estaba mirando.

Quería decirle que la entendía, pues yo también me sentía así a veces. Sí, mi papá era muy exitoso, pero apenas le conocía porque casi siempre estaba ausente.

Pero lo que sea que pudiese haber dicho se vio interrum-

pido por su risa mordaz una vez que por fin volvió a centrar la vista en mí.

—¿Qué vaya al baile contigo? —lo dijo tan alto que las personas que no se habían detenido para mirarnos lo hacían ahora. Como lo hacían en los accidentes de coche.

Y fue así como se sintió. Sus palabras me golpearon como un camión cuando sus preciosos rasgos se tornaron crueles. Desearía haber podido decir que se veía fea en aquel momento, pero no; incluso mientras me hacía añicos se veía hermosa.

—Mi abuela era mejor amiga de los Rockefeller —resopló entre risas y señaló algo detrás de mí—. Sabes que solo te soportan por tu papito rico, ¿verdad? Tú no tienes sangre azul.

—Cielos, no tienes que tratarlo así, Bellamy —dijo Montgomery desde mis espaldas, y sentí que enrojecía porque mi amigo tuviese que defenderme.

Bellamy se limitó a cambiar de posición y a encogerse de hombros.

—Perdóname por ser la única que dice las cosas como son. —Entonces se volvió y se alejó de nosotros como si no acabase de clavarme un cuchillo justo en el medio del pecho.

—EL INSTITUTO FUE HACE mucho tiempo —dijo, regresándome al presente—. No vivo en el pasado. La chica que fui en ese entonces sin duda no es la mujer que soy hoy. Al igual que espero que el niño que fuiste, sentado en el comedor y mirándome cada día, no sea el hombre que está ahora sentado frente a mí. Y en cuanto a mi vida actual... si recuerdo bien, estabas en el mismo círculo social de Darlington rodeado por mujeres que querían que fueras su novio por dinero. Así que no me juzgues a menos que puedas hacer lo mismo contigo. Ambos jugamos este juego, Emmett. Hablamos de Darlington. Es lo que somos.

Luego del instituto fui a la universidad, decidido a ser alguien por mis propios medios. Nadie me despreciaría de la forma en que ella lo hizo aquel día. Podrían intentarlo, pero me di cuenta de mi propio valor y lugar en el mundo cuando me fui. Y después de aquello volví a Darlington para reclamar el sitio que me pertenecía.

Me picaba la mano por las ganas de darle una nalgada en su desnudo culo para enseñarle bien el tipo de hombre que era ahora. Para la fortuna de Bellamy, la señora H entró con el desayuno.

Como si esta pudiese percibir la tensión en la sala, sirvió la comida rápidamente y luego fue hasta un armario, sacó una caja blanca con un lazo negro y la dejó sobre la mesa frente a Bellamy.

—Es para la prueba de hoy. Todas las noches, antes de cada prueba, recibirán una caja con lo que deberán ponerse —fue todo lo que dijo antes de irse.

—¿Deberíamos ver lo que hay adentro? —preguntó Bellamy mientras pasaba un dedo sobre la tela negra de la caja.

—Adelante, ábrela. —Respiré hondo, pues necesitaba la distracción para recuperar el control. Bellamy definitivamente tenía una forma particular de irritarme, pero me negaba a permitirle que viese hasta qué punto lo hacía.

Sacó un esmoquin para mí, tal como imaginaba, y luego se quedó mirando una caja prácticamente vacía. Todo lo que quedaba era una brocha de pintura y un par de tacones.

Alzó la brocha y enarcó una ceja mientras preguntaba:

—¿Supongo que eso es todo lo que me pondré?

Me metí a la boca el primer bocado de comida y contuve la risa profunda que quería escaparse de mí.

—Así parece. —Asentí en dirección a su plato—. Cómete

el desayuno. No te lo estoy pidiendo ni tampoco sugiriendo. Te lo estoy diciendo.

Me detuve, esperando alguna clase de respuesta sarcástica. Estaba preparado para levantarme, quitarme la correa y enseñarle a Bellamy lo que iba a pasar si me desobedecía, pero prefería guardármelo para cuando no me gruñeran las tripas y el café hubiese surtido efecto. Para mi suerte, Bellamy aún no estaba de humor para peleas. A pesar de que vi que sus fosas nasales se ensancharon y noté que estaba apretando sus perfectamente blancos dientes, se quedó en silencio y comenzó a comer.

—Bellamy —dije por fin, interrumpiendo el silencio de nuestro desayuno tras varios minutos—. Con respecto a lo de hoy, quiero que sepas que tengo expectativas para las pruebas.

Ella me miró a medio masticar, pero no dijo nada.

—No quiero errores. Habrá muchos hombres en las pruebas y todos los ojos estarán fijos en ti, pero hay una regla que nunca te permitiré romper, y es que eres mía. Solo mía. No tocarás, hablarás ni mirarás siquiera a otro hombre a menos que te dé permiso para hacerlo. Eres mía. ¿Lo entiendes?

Ella asintió mientras tragaba su bocado de tostada, y tuvo que beber el café para ayudar a pasarlo por su garganta.

—También pretendo alcanzar la perfección. Quiero que nuestras pruebas sean mejores que las de cualquiera de los iniciados que vinieron antes que nosotros y hasta que las de los que vendrán luego. No hago las cosas a medias; nunca lo he hecho. Si los ancianos quieren un espectáculo, se lo daremos. Si nos piden que hagamos lo que sea..., lo haremos. No quiero que vean insolencia, resistencia ni ningún otro tipo de falta de respeto. Y dicho esto, quiero que sepas que siempre te protegeré, cuidaré y guiaré por todo el proceso. Eres mía y no me tomo a la ligera una responsabilidad así. No solo pido tu respeto, pero pronto verás que me lo ganaré en cada paso del camino. Aun así, necesito que me permitas liderar. Necesito que te sometas y confías en mí. ¿Estamos de acuerdo con eso?

—Sí —soltó con un chillido—. Sí, señor. —Dejó su tenedor y se inclinó para hacer énfasis en sus siguientes palabras—: Tengo tantas ganas de pasar las pruebas como tú. Y al igual que tú..., no hago las cosas a medias. Me han preparado toda la vida para ser perfecta. Estás a punto de ver lo perfecta que puedo ser ante lo que sea que la Orden nos pida hacer.

CAPÍTULO CUATRO

Bellamy

APARENTEMENTE, «PERFECCIÓN» significaba bajar por la elegante escalera de la Oleander en cueros; ah, salvo por los tacones Louboutin plateados. Mantuve la cabeza en alto y la espalda recta, tal como lo aprendimos en clases de cotillón hace tantos años. Es cierto que no creía que tuviesen un escenario como este en mente cuando la señora Marshall nos instruía con su chillona y aguda vocecilla sobre «modales», «reproducción» y cómo «afectaría nuestras posibilidades de matrimonio».

A veces era como si la provincia de Darlington se hubiese quedado en el siglo pasado..., o, en una noche como la de hoy, a medida que bajaba a la exquisita guarida pecaminosa con piso de mármol iluminado por un candelabro a gas... dos siglos atrás.

Otras mujeres desnudas entraban en el salón de baile al mismo tiempo que yo. Hombres vestidos con esmóquines y túnicas de plata nos aguardaban. Abrí los ojos levemente cuando me topé con un grupo de caras que reconocí: Montgomery Kingston y sus amigos Beau y Rafe. Mierda, estaba pavoneándome desnuda frente a gente que conocía. Cuando Emmett me folló con tanto entusiasmo, por lo menos solo había sido frente a los ancianos, pero hoy... hoy sería frente a todos.

Emmett, que estaba a mi lado, ni siquiera extendió un brazo para darme equilibrio. No, todo era una prueba para ver si podía valerme por mí misma. No me consolaría ni mimaría ni un poco, pues pensaba que ya era bastante malcriada.

Ya casi llegábamos cuando Emmett por fin se inclinó. Pensé que me daría ánimos, después de todo. Pero demostró lo contrario cuando susurró en voz baja y con esa voz exigente que tenía:

—Solo quiero recordarte que eres mía. No puedes hacer contacto visual con ningún otro hombre de la sala que no sea yo. No puedes tocar a ningún hombre que no sea yo. Y recuerda que espero perfección.

Asentí, escuchando a medias. Si todo lo que iba a hacer era darme órdenes antes de que empezáramos nuestro espectáculo, podía irse derecho a la mierda. Tenía que concentrarme. Me había dicho que necesitaba estar perfecta hoy. Bueno, estaban empezando a pasar cosas y no podía permitirme pasar por alto ni un solo detalle.

Uno de los ancianos se quedó de pie en medio de la sala y sacudió su bastón contra el suelo cuando nos separamos. Las puertas por las que las mujeres habían entrado se cerraron a sus espaldas de forma ominosa. En la esquina había dos violinistas, y un violín empezó a sonar, tocando una nota lenta, larga y vibrante. Luego, el segundo lo acompañó con una nota tan aguda que, cuando ambos instrumentos se interceptaron, la canción hacía eco en tu interior.

Jadeé y miré a mi alrededor para ver si a los demás también les había afectado, o si era una señal de algo. Pero el anciano con el bastón en medio de la sala habló de nuevo mientras los dos violines continuaron danzando y entrelazando su música entre sí; la promesa sensual de lo que vendría a continuación.

—Mujeres, traigan sus botes de pintura. Bailen y píntense las unas a las otras para el deleite de nuestros ojos.

Vi a mi alrededor y noté que la mitad de las mujeres traían consigo pequeñas vasijas de barro llenas de pintura plateada. Fue entonces cuando me di cuenta de lo que tenía de diferente este salón de baile: el piso había sido cubierto con paneles que se conectaban para proteger el piso de mármol. Se habían preparado para el desastre.

Aquellas que tenían los botes se emparejaron con las que no los teníamos. La música se volvió más intensa mientras una mujer de reluciente cabello negro metía su pequeña y delicada mano en la vasija y sus dedos salieron chorreando en color plata.

Mierda, no podía hacer nada más que fingir que no conocía a nadie. No podía pensar en Montgomery ni en ninguno de los otros hombres con los que había crecido.

Me acerqué con atrevimiento a la mujer y ella sonrió. No tuve que mirar detrás para saber que Emmett tenía la vista fija en mí; pero no debía preocuparse, pues había captado su mensaje alto y claro.

«Perfección». Montaría un espectáculo para él y para todos. Que miren.

Yo era Bellamy Carmichael, por el amor de Dios. No era ninguna florecilla asustada. Si nos iban a cosificar, bueno..., les enseñaría que yo era lo más deseable en la sala. Me deleitaría con sus miradas. Me darían poder, y me alimentaría de ellos como siempre lo había hecho.

Así que saqué el pecho hacia la belleza con el cabello azabache. Su mano llena de pintura plateada aterrizó en mi seno. No fue tímida al esparcir la pintura por mi piel, pues me frotó la areola y el pezón rígido con el pulgar.

Siseé por la fría sensación de la pintura y porque sabía que Emmett estaba observando cada reacción que hiciese. La fortuna favorecía a los valientes, ¿o no? Así que metí la mano en el bote, estremeciéndome cuando sentí la pintura, la saqué, empapada, y toqué a la mujer. Pasé la mano por su esternón, dejando una estela de plata detrás. Luego subí la mano hasta su garganta y la pasé por detrás del cuello, echando su cabeza hacia abajo hasta que sus labios estuvieron a pocos centímetros de los míos.

Miré a un lado de la sala donde se encontraba Emmett, con un vaso de brandy en mano, observándome como lo supuse. Le sonreí, tras lo cual saqué la lengua, rocé los labios de la mujer para abrirlos y entonces la besé. Y no pasé por alto cuando cambió de posición y bebió del líquido.

Mi nueva amiga estaba feliz de jugar el juego que le presenté. Reunió más pintura y dejó una huella de mano plateada en mi culo mientras atraía mi cuerpo hacia el suyo. Su piel se sentía tersa y era toda curvas.

Los murmullos de los hombres en las esquinas de la sala me indicaron que les gustaba el espectáculo que les estábamos dando. Me aparté de la mujer bruscamente. Metí mis manos en la pintura fresca, toqué sus pechos mullidos y bajé hasta su ombligo. Emmett dijo que quería que destacáramos de cualquier otra pareja que haya venido antes que nosotros, así que montaría un espectáculo. Y sabiendo que me observaba, no podía negar que todo lo que ocurría en ese instante me estaba excitando de una forma infernal.

Luego de meter la mano en el bote de nuevo, llevé la mano

hacia sus muslos y los abrí para separarle más las piernas. Pintura plateada chorreaba desde la cara interna de sus piernas.

En respuesta, ella agarró mis nalgas, las acarició y les propinó un húmedo tortazo con sus manos plateadas. Luego se dedicó a esparcir la pintura por la zona, por mi espalda y luego por la abertura de mi trasero.

Silbidos y piropos de los costados aumentaron en volumen hasta que, por fin, los bastones comenzaron a retumbar.

Alcé la vista y miré a mi alrededor. Las otras mujeres estaban cubiertas en pintura, tal como mi compañera y yo, y quedaba claro que los hombres estaban volviéndose locos; estaban ansiosos por tocarnos y unirse a la depravación. Algunos ya tenían los miembros afuera y los estaban preparando para lo que seguiría.

Fue solo entonces que recordé que Montgomery, Beau y Rafe habían visto todo lo que acababa de hacer. Miré alrededor de la sala, pero afortunadamente no los vi. Sin embargo, sí pillé a otros hombres observándome con lujuria mientras aporreaban sus bastones contra el suelo.

Fue solo cuando los bastones dejaron de sonar y el anciano que había hablado ahora fue al centro que me volví para mirar a Emmett a los ojos... y vi que lucía irritado.

Miré al suelo y sentí que el calor me subía a las mejillas, pues recordé muy tarde la otra parte de las órdenes que me había dicho a toda prisa antes de que la orgía comenzase: que no podía mirar a nadie más que no fuese él. Demonios.

Pero no podía haber estado hablando en serio. ¡No podía controlar hacia dónde se movían mis ojos! Bueno, principalmente es que lo había olvidado. Pero cielos, ¿es que creía que de verdad podía controlar hasta el movimiento de mi vista? Era un nuevo nivel de ser controlador. Estaban pasando tantas cosas en la sala que nadie podría culparme por sentir curiosidad.

No escuché lo que sea que haya dicho el anciano luego de que los bastones dejasen de sonar. Maldición. Pero no había forma de no escuchar lo que se suponía que tenía que hacer cuando Emmett vino detrás de mí y al alcanzarme me exigió entre dientes:

—De rodillas.

Todas las demás estaban arrodillándose mientras hombres de la multitud se acercaban y escogían mujeres pintadas de plateado al azar. Me apresuré a arrodillarme mientras Emmett sacaba su enorme y palpitante pene y me lo ponía en la cara. No podía estar muy enojado conmigo si estaba así de excitado, ¿verdad? Bueno, conocía una forma infalible de aliviar cualquier indicio de ira que pudiese estar sintiendo.

Le toqué las pelotas con mi mano derecha. La pintura estaba seca en su mayoría, pero, aun así, dejó una capa plateada en su pesado escroto. Jugueteé con sus pelotas mientras descendía hacia su miembro, provocándolo con la punta de la lengua.

El temblor que recorrió su cuerpo ante mi roce fue endemoniadamente gratificante. Intentaba actuar como si fuese grande y poderoso, pero bastaba con una lamida y ya lo tenía al límite. Su pene palpitó en mi boca.

Apenas le recordaba del instituto, para ser honesta. Probablemente era malicioso de mi parte admitirlo, pero nunca afirmaba haber sido una santa en aquel entonces... ni tampoco ahora. Rocé su miembro con los dientes antes de meterlo por completo en mi boca y moverme sobre la punta repetidamente. Levanté la vista para mirarle y no me pasó desapercibida la forma en que tensó la mandíbula.

Lo que sea que haya sido antes, ahora era todo un hombre. Pero cuando me miraba con la boca tan atiborrada de su pene que se me aguaban los ojos, ¿qué es lo que veía? ¿A la abeja reina que había ganado el concurso de señorita Darlington adolescente dos veces en el segundo curso y en el último? ¿Veía a la sirena de hace unos instantes, que era otra rubia más cubierta en pintura plateada? ¿O veía a una mujer a la que dominar, y cualquiera que participase en sus juegos perversos sería suficiente para él?

Le estrujé las pelotas y él llevó la mano derecha a mi cabello y la izquierda a mi muñeca para apartarme de sus testículos. Luego comenzó a marcar el ritmo en el que lo chupaba hasta que por fin me sostuvo de la cabeza con ambas manos.

—Vas a recibir lo que yo te dé, y te vas a mojar —dijo.

Pestañeé, insegura de este giro de acontecimientos. Cuando les hacía una mamada a los hombres, siempre era yo quien tenía el control. Pero, una vez más, Emmett le estaba dando a todo un giro de 180 grados.

—Tócate, pero no te atrevas a correrte —me ordenó mientras comenzaba a colmar mi boca nuevamente con su miembro—. Y mírame.

Pestañeé y asentí con la boca llena de su grueso pene. Estiré una mano para tocarme entre las piernas.

—Métete dos dedos en el coño —me exigió mientras comenzaba a follarme la cara. Hice lo que me pidió. Estaba húmeda, lo cual me sorprendió. Nunca me habían hablado con tanta crudeza, y, aun así, mientras más tosco me hablaba y usabas mi cuerpo, más me mojaba.

—Fóllate con los dedos mientras te follo la cara —dijo entre jadeos, y su pene descomunalmente grande seguía dentro de mi boca. Era difícil tratar de que mis labios cubrieran mis dientes—. Y no dejes de chuparme —añadió—. Quiero sentir esa sucia boquita succionándome.

Asentí, intentando darle todo lo que me estaba pidiendo,

pero era abrumador. Succioné su miembro con toda la fuerza que pude, pero era despiadado. Solo podía alcanzar a recuperar el aliento antes de que volviera a entrar en mi boca. Y entonces estimulaba con mis dedos y luchaba contra mi placer en aumento. A nuestro alrededor seguían resonando bastones junto con gruñidos y sonidos de placer de los otros hombres.

Pero era imposible mirar a nadie que no fuese Emmett; que no fuese su torso tonificado y sus ojos que me miraban implacablemente.

—Me voy a correr. No pierdas ni una gota y no dejes de tocarte.

Ralentizó las desenfrenadas embestidas de sus caderas mientras conectaba con mi boca una última vez y succioné con más fuerza que nunca, moviéndome alrededor de su miembro hasta que su salado semen roció mi lengua y la parte posterior de mi garganta.

Tragué fuerte y, cuando parte del líquido se salió por las comisuras de mis labios, lo lamí con desesperación; al igual que hice con unas gotas que se salieron por el costado de su miembro. Y mientras lo hacía, no pude evitarlo.

Llegué al orgasmo. Rápido y con intensidad.

Estaba lamiendo sus testículos y me quedé paralizada mientras mi cuerpo entraba en espasmos. Exhalé y continué limpiándolo con la lengua, esperando que no se hubiese percatado.

Pero cuando levanté la mirada y vi el furioso fuego en sus ojos, supe que lo había hecho.

—Ve a la habitación —ordenó entre dientes—. Ahora.

Ah, maldición.

Miré a mi alrededor. Habíamos pasado la prueba. Lo había hecho bien. Seguramente eso tenía que contar para algo. Me levanté, un poco inestable por mis zapatos de tacón, pero, tal como antes, Emmett ni siquiera me extendió el brazo. Así que recuperé el equilibrio, alcé la cabeza y salí marchando de la sala con la dignidad de la sangre Carmichael que corría por mis venas.

CAPÍTULO CINCO

EMMETT

—SABES QUE VIENE UN CASTIGO, ¿no? —pregunté, luchando por contener el gruñido primitivo que quería desatarse desde lo más profundo.

Abrió la boca, pero la cerró rápidamente. Se limitó a asentir a modo de respuesta.

—Te di instrucciones claras dos veces, y ambas veces las ignoraste. —Levanté su barbilla con mis dedos para que su mirada se encontrara directamente con la mía.

Ella asintió una vez más, pero la tensión de su mandíbula me dijo que estaba resistiendo el impulso de replicar con insolencia. Al menos fue lo bastante inteligente para permanecer en silencio; aunque, en meros momentos, no sería capaz de quedarse callada sin importar cuánto lo intentara.

—Hoy vas a aprender que cuando te doy una orden, espero que la sigas.

Entrecerró los ojos y torció la comisura de su boca, pero no me dijo que me fuera a la mierda como sabía que quería hacer.

—Eres mía, Bellamy. Mientras estés en la Oleander, eres

mía y solo mía. Cada acción tuya reflejará eso. Te vi mirar a los otros hombres...

—Pero no de manera sexual —interrumpió finalmente—. Eso no es justo. No hice nada malo. No tuve esas intenciones.

—Igual, miraste a otro hombre. A otros hombres. —La metí por completo en la habitación y cerré la puerta. Entonces, sin darle opción, la cogí del brazo y la acerqué a la cama—. También te dije que no te corrieras.

—No puedo controlar mi cuerpo solo porque tú me lo ordenas. No es como que pueda correrme o no cuando me lo indiques —espetó—. Esta no es una porno en la que el hombre dice que te corras y la mujer lo hace al instante, o no lo hace, en mi caso. ¡Esto no es justo!

—Aprenderás —le dije, dedicándole una sonrisa diabólica.

Oh, sí, iba a aprender.

Bellamy luchó por respirar mientras separaba más sus piernas con mis pies y luego le di una palmada a su sexo como un pequeño anticipo a lo que estaba por venir.

Un pequeñísimo anticipo.

Luego sostuve sus pechos, causando que los gemidos de Bellamy resonaran en el aire.

—Y aprenderás a rogar para correrte después de que te dé nalgadas en ese culito apretado que tienes. Me suplicarás que te lo meta y haré que grites mi nombre —dije sensualmente con un tono tenso y ronco.

Ella tembló y su cuerpo se estremeció, sin duda pensando en lo que estaba por venir.

Bellamy gritó y perdió el control que intentaba mantener cuando introduje dos gruesos dedos en lo más profundo de su sedienta feminidad. Estimulando su clítoris con mi pulgar, retorcí los dedos. Bellamy meció el cuerpo hacia mi mano mientras su orgasmo estallaba.

—Estás tan mojada para mí. Pensar en el castigo que está

por venir hace que tu cuerpo cobre vida. Me hace pensar que te has portado mal a propósito. ¿Tal vez quieres que te azoten? ¿Quizás fue este tu plan todo el tiempo?

Sacudió la cabeza, pero su respiración se aceleró y sentí que las paredes de su vagina se contraían alrededor de mis dedos. Sin darle el clímax que deseaba tan desesperadamente, saqué los dedos tan abruptamente como los introduje en su interior.

Luego me acerqué a la mesita de noche y saqué una caja negra que había pedido que me trajesen. Estaba aguardando para cuando se presentara esta ocasión. La puse sobre la cama, me quité el cinturón y también lo puse sobre el colchón, notando que Bellamy observaba todos mis movimientos mientras me sentaba en la cama.

—Ven aquí. —Me di una palmada en el regazo para que quedara muy claro lo que esperaba—. Ponte sobre mi rodilla.

Sus ojos se ensancharon y abrió la boca en señal de protesta, pero debió haber algo en la forma en que la miré, porque en el momento en que sus ojos se encontraron con los míos, hizo exactamente lo que le ordené. Presionó su abdomen desnudo en mi regazo y se extendió.

Bellamy soltó un ligero grito ahogado cuando separé sus muslos con la presión de mi mano. Su trasero vuelto hacia arriba estaba ahora en la posición perfecta.

Me miró por encima del hombro y pude ver una mezcla de incertidumbre y excitación en sus ojos. Supuse que la señorita Bellamy nunca había estado en este tipo de situación en su vida y no sabía bien lo que se avecinaba.

Pasé la mano desde la parte superior de su trasero hasta la intersección con sus muslos.

—Voy a azotar ese culito.

Bellamy se tensó, pero no se movió ni luchó por oponerse a mi caricia. Esperaba más batalla, pero me alegró que no luchara. Había una sumisa escondida detrás de su actitud, y puede que no fuese a tomarme tanto tiempo romper su muro de resistencia como pensaba. Sin embargo, parte de su obediencia se debía al hecho de que no tenía idea de lo que se avecinaba.

La ingenuidad domaba a la bestia.

Parecía que su curiosidad natural la ayudó a que no huyera y a evitar que tuviese que inmovilizarla, lo cual hubiera estado más que dispuesto a hacer.

Separé más sus piernas, exponiendo su sexo completamente a mi vista. Con solo un jadeo entrecortado y un ligero estremecimiento, Bellamy me permitió hacer lo que quisiera.

Por ahora.

El dolor en su culo y la humillación de la disciplina aún no habían llegado, y cuando lo hicieran, sin duda no sería tan complaciente con el castigo que pasaría.

Sumergí el dedo en los contornos naturales de su trasero y me deslicé provocándola a lo largo de su fruncida abertura.

—No voy a darte nalgadas y ya. Voy a darle un castigo a este agujerito estrecho también. —Tracé pequeños círculos en su ano con mi dedo.

Bellamy se quedó sin aliento, probablemente por la noticia que le acababa de dar.

Aparté la mano y alcancé la caja negra. Mantuvo la cara hacia adelante y apretó los puños, que colgaban frente a ella.

Momentos después, apliqué el lubricante que saqué de la caja a la entrada que anhelaba invadir tan desesperadamente. Continué acariciándola y provocándola presionando la punta de mi dedo sobre la tensa piel.

Bellamy finalmente miró por encima del hombro, apartando los mechones rubios de sus ojos para poder ver lo que tenía reservado.

—¿Qué es eso? —preguntó cuando notó lo que saqué de la caja a continuación.

—Esto se llama tapón anal. —No pude contener la sonrisa traviesa que se dibujó en mi rostro—. Va a abrir tu agujero y lo preparará para mi pene.

Coloqué la mano entre los omóplatos de Bellamy, empujé y la tumbé completamente de nuevo. Lo único que podía ver eran las tablas de madera debajo de ella. Había visto suficiente; sabía exactamente el tamaño del tapón y ahora sabía qué era exactamente lo que estaría entrando en su delicado agujero.

Ella movió las caderas cuando el tapón de metal hizo contacto con su piel.

—Nunca me han metido nada dentro... Mi ano siempre ha sido prohibido.

—Nada es prohibido para mí. Deberías haberlo puesto en tu lista cuando firmamos el contrato, y como no lo hiciste..., puedo hacer todo lo que me plazca.

Abrí sus nalgas y empujé el tapón para que entrase por el estrecho canal. Ella se movió abruptamente y soltó un grito ahogado cuando penetré lentamente la barrera.

—Quédate quieta —le ordené.

Ella gimió ante el agudo escozor de la intrusión.

—Relájate. —Continué presionando más el tapón y exigiendo acceso—. Quiero que cierres los ojos y te concentres en las sensaciones.

Movió la cabeza de un lado a otro y trató de levantarse de mi regazo, pero la sostuve con más fuerza.

—Es demasiado grande. No hay forma de que entre. ¡Me duele!

—El castigo duele —le informé mientras la penetraba un poco más—. Concéntrate en la disciplina. Esto sucederá una y otra vez si desobedeces mis órdenes.

Agitó las manos hasta que encontró mis pantorrillas y me clavó las uñas. Su respiración se entrecortaba con cada movimiento del tapón, el cual, poco a poco, se abría paso a sus profundidades.

—Dios mío —masculló.

El tapón estaba adentro casi por completo y dilataba su agujero hasta sus límites. Su ano continuó ensanchándose, pero su sexo claramente se estaba humedeciendo por el deseo. Sus tensos músculos cedieron cuando la parte más gruesa del tapón entró.

Bellamy negó con la cabeza de nuevo con voz tensa.

—Emmett, no puedo. Arde.

—Respira hondo y relájate. Puedes hacerlo.

Con una estocada final que la hizo gritar, empujé el tapón más allá de su base acampanada para permitir que su agujero se cerrara alrededor del vástago mucho más pequeño que sujetaba el asidero, inmovilizándolo dentro de ella.

Me incliné y le di suaves besos en la parte baja de la espalda, abriéndome camino hacia cada nalga. Moví mi mano desde debajo de su cuerpo para alcanzar su clítoris y lo pellizqué. Ella se tensó con mi caricia, rogándome en silencio que le diese la tierna recompensa por su sumisión.

Continué frotando y acariciando su capullo mientras su cuerpo se ajustaba al grosor del tapón.

—Ahora el castigo está por comenzar —dije.

—¿Qué? ¿El tapón no es el castigo? Ya lo entendí. Lección aprendida. He captado tu mensaje fuerte y claro.

No pude evitar reírme.

—Eso es solo el entrante. —Haciendo presión en su espalda cuando trató de forcejear, le dije—: Cuando termine contigo, no dudarás en obedecerme cuando te diga que no te corras. Tu cuerpo aprenderá a obedecerme, al igual que tu mente. —Le di un toque al mango del tapón para enfatizar, lo cual provocó que soltara un pequeño gemido.

Reposicioné su cuerpo con la rodilla para empinar su culo y tener una mejor vista de este. Antes de que pudiera procesar lo que vendría a continuación, le di una palmada en el culo con fuerza una vez, dos veces y luego una tercera vez.

Bellamy trató desesperadamente de zafarse de mi agarre.

—¡Emmett, por favor! ¡Perdón! No tenemos que hacer esto.

Continué azotando, cada golpe más fuerte que el anterior.

—¿Quién está a cargo, Bellamy? —La azoté de nuevo mientras hacía la pregunta.

—¡Tú!

—Espero que se sigan mis reglas. Espero la perfección. Sabías eso al firmar nuestro acuerdo, ¿correcto?

Hice contacto con la palma de la mano en todo su firme culito.

—Sí, lo sabía —siseó mientras la azotaba en el área donde su culo se conectaba con su muslo—. Sé lo que esperabas. ¡Sí!

—Vas a aprender a entregarme el control —dije, dejando de darle nalgadas para alcanzar el cinturón que tenía al lado.

Doblé el objeto de cuero; sabía que le daría con delicadeza la primera vez, así que no la azotaría en sí. Mucho menos en este ángulo, ya que no podría coger impulso al tenerla inclinada sobre la cama. Aunque, sin duda, era su primera vez; que le pegasen con una correa definitivamente no se sentiría como que le estuviese pegando con delicadeza.

Dejé que la correa hiciese impacto con su piel rosada y chilló.

—Emmett. ¡Para! He dicho que lo siento.

—¿Qué sientes? —pregunté mientras bajaba el cinturón de nuevo.

Ella gritó, y aunque los azotes se habían intensificado,

parecía estar derritiéndose en mi cuerpo; ya no se movía ni luchaba por resistirse al castigo. Se rindió y supe que no solo me estaba diciendo lo que quería escuchar o para evitar más azotes.

—Por no tomar en serio tus reglas y tus órdenes. Lo haré a partir de ahora, señor.

La azoté una vez más y decidí darle clemencia, ya que se dirigió a mí de la manera adecuada sin que yo tuviera que pedírselo. Mi sumisa estaba aprendiendo rápido.

En el momento en que detuve los golpes, la levanté de mi regazo y la puse de espaldas en la cama. Instantáneamente abrió las piernas, dándome la bienvenida para que la hiciera mía, para que la reclamase. Podía ver la humedad de su sexo y oler su excitación.

—Fóllame, Emmett —prácticamente ronroneó—. Te deseo.

Me incliné sobre ella, tan cerca que mis labios podían tocar los suyos, pero sin hacerlo.

—Te dije que rogarías por mi pene después de que te azotara. Hazlo.

—Por favor, Emmett. Por favor. Quiero tu pene —suplicó como la buena chica que ahora era.

Me llevó todo el autocontrol que me quedaba en el cuerpo ponerme de pie. Respirando hondo para calmarme, dije:

—Nada de sexo después de un castigo. Las chicas malas no pueden correrse.

Ella adoptó una posición sentada con los ojos muy abiertos.

—¿Qué? ¿Me estás tomando el pelo? —Se meneó en la cama—. ¿Qué pasa con... qué pasa con el tapón dentro de mí?

Sonreí mientras comenzaba a ponerme el cinturón de nuevo.

—Nada. Y usarás el tapón hasta que nos vayamos a dormir.

—¡Emmett!

Le lancé una mirada de advertencia.

—Me andaría con cuidado en este momento y no andaría presionando. Puedo continuar con el castigo si todavía sientes ganas de pelear. ¿Necesitas más de mi cinturón para acompañar ese tapón que se quedará en tu ano?

Toda la lucha que había surgido repentinamente en su cuerpo cuando le dije que no habría sexo se disipó cuando respiró hondo y dijo:

—No, señor. Eso no será necesario.

Le di la espalda para que no pudiera ver la sonrisa que ya no podía ocultar. Quería permanecer firme y dominante por un poco más de tiempo a pesar de querer enterrar mi pene en lo más profundo de ella. Quería besarla y elogiarla por someterse a un verdadero castigo, pero no era el momento. Necesitaba una mano firme y fuerte en este momento. Necesitaba permanecer enfocado en la meta y en lo que logré hacer esta noche. Había domado a mi niñata... por ahora.

CAPÍTULO SEIS

Bellamy

ME DOLIÓ el culo todo el día siguiente, y sabía que el próximo también. Estaba haciendo un buen trabajo ignorando a Emmett la mayor parte del día. Dormí todo el tiempo que Su Alteza me lo permitió, luego todo fue un «sí, señor» esto y «sí, señor» aquello hasta que pensé que llegaría a apuñalarle en la cara con las uñas; sin embargo, había pasado una hora haciéndome la manicura, y sería una pena desperdiciarla sacándole los ojos.

Eso fue hasta que comenzó a ignorarme por completo en lo que él llamaba «tiempo de trabajo». Cuando finalmente cerró su portátil cinco horas después y anunció «Está bien, es hora de tomar un poco de aire fresco», alrededor de las cinco, casi salté de la cama. Ni siquiera había dejado de trabajar durante el almuerzo. La señora H nos había traído la comida, y si tenía que quedarme encerrada en esta habitación por un minuto más, me iba a volver loca.

No sabía si Emmett percibía mis nervios o si de verdad

quería salir a pasear, pero no me importaba. Nunca había considerado que lo único que podría lograr que todo esto fuese imposible para mí era la parte en la que tenía que estar encerrada durante tres meses. No era la parte de quedarse adentro lo que me suponía un problema, sino el silencio. A Emmett le gustaba el silencio absoluto mientras trabajaba.

Cuando estaba en casa, mamá siempre tenía la tele encendida de fondo y yo solía ver YouTube o TikTok en el móvil, además de escuchar música la mayor parte del tiempo.

Odiaba el silencio. Me volvía loca.

El cielo para mí era un club con música electrónica a todo volumen y un bajo que resonase tan fuerte que resultaba imposible oírse a uno mismo pensar. Pensar estaba tan sobrevalorado. Haría cualquier cosa para callar mi cabeza de vez en cuando.

Tenía los zapatos puestos cuando Emmett se dio la vuelta.

—Lista —gorjeé alegremente.

Levantó una ceja, pero no dijo nada. Se limitó a ir a la cómoda y coger un par de calcetines. Traté de no verlo ponérselas cuidadosamente. Era estúpido que incluso sus pies fueran sexis. Miré por la ventana. Era octubre y todas las hojas tenían los colores del fuego.

Me levanté y fui a esperar con impaciencia junto a la puerta.

—Tal vez deberíamos quedarnos para enseñarle a mi pequeña sumisa un poco de paciencia.

Lo miré por encima del hombro, boquiabierta. Pero luego inclinó la cabeza.

—Pero aceptaste bien tu castigo anoche.

Cerré la boca y apreté los dientes para no gritarle algo que me hiciera ganarme otro castigo y que me quitaría el paseo. Una cosa era cierta en todo lo que había dicho: la gente rara vez me decía que no en mi vida antes de este momento. O al menos tan directamente.

De cualquier manera, cerré el pico mientras él se ponía los zapatos y salía de la habitación, tras lo cual pasamos por el pasillo y bajamos las escaleras. Era extraño caminar por la mansión estando tan tranquila. La única otra vez que salía era para desayunar, y acabábamos de caminar a una sala de desayuno que estaba en el segundo piso.

Pero no me estaba molestando demasiado en mirar a los lados. El aire dentro se sentía viciado y quería salir. Además, estaba acostumbrada a las casas viejas y a las antigüedades. No sabía por qué la gente tenía tanta obsesión por los lugares antiguos como este.

Siempre había soñado con escaparme y ver cosas nuevas. Nuevos lugares, nuevas caras. Donde nadie supiese nada sobre tu pasado ni le importase quién era o no tu abuelo.

Finalmente, atravesamos las grandes puertas dobles y salimos al aire fresco del otoño. Me detuve solo un momento en los escalones después de que Emmett cerrara las puertas tras nuestras espaldas y respiré hondo.

Dios, qué bueno fue. Corrí por los escalones de piedra de la enorme casa hasta llegar a la parte con grava de abajo. Emmett se quedó a mi lado, pero tuve la sensación de que se daba prisa ante mi inesperado aumento de velocidad.

Probablemente pensaría que estoy loca si echo a correr, pero el aire fresco en mi piel se sentía increíblemente bien. Llevaba mallas y una camiseta sin mangas, pero algunos años, incluyendo este, Georgia era sofocante y cálida hasta mediados de noviembre.

—¿Te esperan en algún lugar? —preguntó Emmett, quien todavía mantenía el ritmo sin problema a mi lado con sus largas piernas. No estaba corriendo del todo, pero estaba poniendo espacio entre nosotros y la mansión Oleander, que se cernía detrás de nosotros.

Íbamos por el patio hacia el campo que estaba más lejos. Pude vislumbrar un lago en la distancia, cuya superficie resplandecía a la luz del sol.

Me encogí de hombros y seguí avanzando.

—Solo me sienta bien salir —dije—. No me gusta estar apretujada en un solo lugar por mucho tiempo.

Él se rio.

—Te das cuenta de que eso es parte de las pruebas, ¿verdad? Es algo más psicológico que nada. ¿Qué creías que te esperaba cuando te apuntaste a esto?

Me volví para mirarlo, y luego miré hacia adelante otra vez. No estaba lista para compartir esos detalles con él en este momento, si es que alguna vez me sentía así. Mis razones para estar aquí eran mías. Todavía tenía mi orgullo.

—Bellamy. —Su voz sonaba brusca con ese tono autoritario—. Detente.

Resoplando de molestia, lo hice. Y estaba tan irritada por tener que detenerme como por el hecho de que podía notar la diferencia en su tono de conversación normal y su... bueno, su tono «dominante» era la única manera de describirlo.

También estaba molesta por la forma en que mi sexo se contrajo solo al escucharlo.

—¿Qué? —Me crucé de brazos. Él miró hacia abajo brevemente, procesando el gesto. Dejé caer los brazos, frustrada por la forma en que notaba cada puñetera cosa.

—No te exigiré que me cuentes todo de una vez —dijo—, pero sí hablarás un poco.

Levanté la barbilla.

—Todo lo que prometí en ese trato fue darte mi cuerpo.

Sonrió y quise abofetearlo.

—Ahí es donde te equivocas. Ahora, demos un agradable

y tranquilo paseo alrededor del lago en vez de hacerlo como alma que lleva el diablo, y puedes decirme por qué sigues viviendo en Darlington. Cuando éramos estudiantes, tú modelabas y soñabas con ser una *influencer* de Instagram. Siempre pensé que no irías a la universidad para lucirte en Ibiza o algo así.

Escucharlo hablar sobre el pasado me tocó una fibra, no podía negarlo. Y al mismo tiempo, sonaba como un universo completamente diferente, como una persona diferente.

Dios, ¿de verdad habían sido esos mis sueños?

Me encogí de hombros y seguí caminando. Disminuimos la velocidad cuando llegamos al lago y recorrimos el perímetro, pero todavía sentía esa energía inquieta que me hacía querer salir corriendo.

—¿Bellamy? —me presionó, porque por supuesto que lo haría. Emmett era como una astilla de la cual no te podías olvidar—. ¿Qué pasó?

—No lo sé —dije, agitando una mano para restarle importancia—. ¿La vida, quizás?

—Bellamy. —Su tono lo decía todo. No dejaría el tema hasta que le diera más.

—Bien —respiré, fulminándolo con la mirada, pero teniendo cuidado de no poner los ojos en blanco—. Papá murió, ¿de acuerdo? Papá murió justo al final del último año y eso... —*hizo que todo el castillo de naipes se derrumbara*—... fue terrible.

Asintió y sus cejas se juntaron.

—Recuerdo haber oído hablar de eso. Mi papá fue al funeral.

Me encogí de hombros.

—Bueno, estaban juntos en la Orden.

Me miró.

—¿Sabías que tu padre estaba en la Orden?

—Mamá me lo contó después de su muerte.

Descubrí muchas cosas sobre mi padre después de que falleciera. Nunca lo conocí de verdad cuando estaba vivo; para mí fue una especie de presencia ausente benigna en nuestras vidas que siempre viajaba por «negocios». Ja.

—¿Lo extrañas?

—No. —No me molesté en mentir o añadir emociones que no sentía en mi voz.

Podía sentir el ceño fruncido de Emmett sin tener que mirarlo, así que miré hacia el lago y respiré el aire fresco que lo soplaba y formaba pequeñas olas en el borde de la playa rocosa.

—¿Tu madre sabe que estás aquí? —preguntó a continuación—. ¿No se supone que deberías estar casándote con un banquero de Atlanta o algo así?

Apenas contuve mi mofa. Ah, si supiera. Esto fue idea de mi querida mamita. Todavía se aferraba a toda esta mierda de la sangre azul, lo cual era irónico, considerando que Emmett venía de una familia con dinero nuevo. Pero si él era lo suficientemente bueno para la Orden, lo era para ella.

Su padre había estado en la Orden, y sabía que ella pensaba que si podía conseguirme un marido que fuera miembro de la Orden, todo volvería a estar bien. ¡La pesadilla de la última mitad de década podría desaparecer!

Porque mamá pensaba que al final de todo esto, Emmett se enamoraría de mí y me propondría matrimonio, tal como lo habían hecho los últimos iniciados con sus bellas.

Ja. ¡Ja, ja, ja, ja, ja! Me partía de la risa, en serio.

Por otra parte, ella siempre se había dejado engañar fácilmente. Después de todo, se había creído las tonterías de mi padre durante todos esos años.

Lo miré a los ojos y le dije la verdad. Estaba en el contrato que habíamos firmado que nunca le mentiría.

—Ella sabe dónde estoy.

Alzó las cejas. Lo había sorprendido. No lo sabía, pero yo estaba llena de sorpresas.

Decidí dar vuelta a las cosas, pues ya no respondería más sus preguntas por el momento.

—¿Y tú por qué estás aquí? —pregunté, sacudiendo la cabeza—. Siempre pensé que eras diferente a los demás.

Su mandíbula se puso rígida.

—¿Por qué? ¿Porque no soy tan bueno como ellos? ¿Porque el papi de mi papi no estaba en la Orden? —Se burló.

Estuve muy cerca de poner los ojos en blanco, pero me detuve justo a tiempo y negué con la cabeza.

—No —dije enfáticamente—. Porque siempre fuiste el tipo bueno que no era un idiota pomposo. Y aún lo eres. Todos saben sobre las organizaciones benéficas a las que donas en vez de comprarte un Bentley o jets privados. No necesitas la Orden como los demás. Eres más rico que Dios.

—Ah —gruñó y frunció el ceño, como si todavía estuviera buscando la trampa en mis palabras—. Bueno, tal como yo lo veo, estoy aquí porque todos estamos en el mismo terreno de juego. Si todos son ricos, nadie intentará aprovecharse de mí ni jugar conmigo. Todos tienen poder y riqueza, estoy entre iguales. Seré aceptado o rechazado por mis propios méritos.

¿Realmente pensaba eso? ¿No sabía que todos los juegos estaban amañados? Los ancianos habían podido darse el lujo de echar a Sully, pero ¿Emmett? Con todo el dinero y la influencia que podía traer a la mesa... ¿En verdad pensaba que los ancianos podían ser tan estúpidos? Clro, el grado en que querían moldearlo y controlarlo era otro asunto. Así que tal vez nos harían a Emmett y a mí pasar por más obstáculos que la mayoría en estas malditas pruebas, después de todo.

Los hombres que estaban ebrios de poder nunca se imaginaban que podrían perderlo. Mi padre ciertamente no pudo, y mira lo que eso nos había hecho.

Pero si a Emmett no le gustaba la idea de que la gente lo usara o tratara de aprovecharse de él, entonces nunca podría descubrir por qué mi madre me había enviado aquí. Odiaría enterarse de que alguien intentaba manipularlo para que se casara. No le iba a importar demasiado, pero igual.

—¿Qué pasa con las bellas? —pregunté, sacando el tema hipotético—. ¿Las respetas menos porque están aquí para aprovecharse de los ricos?

Me miró a los ojos.

—Son honestas al respecto, así que lo respeto. Aquí nadie le miente a nadie. Y la diferencia es que... —Sonrió—. No es mi dinero el que reciben, sino el de la Orden. Eso nos lleva de vuelta a mi pregunta original. ¿Por qué estás aquí, Bellamy Carmichael? Tienes la sangre más azul que cualquier otro ser humano del condado de Darlington.

Solo le sonreí mientras caminaba hacia la casa, atreviéndome a guiñarle un ojo.

—Una mujer tiene que tener sus secretos. ¿Una carrera hasta la casa? —Y luego eché a correr antes de que pudiera responder.

CAPÍTULO SIETE

EMMETT

RECUERDO HABER FANTASEADO con invitar a Bellamy Carmichael al baile de graduación. Me imaginé lo hermosa que se veía en mi brazo con nuestros conjuntos a juego, su ramillete, mi flor en el ojal y la emoción de la juventud. Habríamos hecho una pareja tan linda... en mi cabeza.

Pero no. Las chicas como Bellamy Carmichael no asistían a los bailes de graduación con chicos como yo.

Pero ahora que tenía a la mujer más hermosa del condado de Darlington del brazo, mientras la acompañaba a la fiesta de la víspera de Todos los Santos de la Oleander, pude corregir la historia de una manera muy oscura, muy pervertida y muy perfecta.

Pero esta noche no seríamos una «linda pareja». Compañeros excitados en un juego retorcido de riqueza y poder, sí; pero no «lindos».

Ella llevaba puesto un vestido de satén negro que le rozaba la parte superior del muslo. El vestido era tan corto que, si se tocaba los dedos de los pies, sin duda habría podido ver la curva de su culo asomándose por debajo. Su largo cabello rubio le caía en cascada por la espalda, y aunque trató de recogérselo cuando se vistió por primera vez, le ordené que lo mantuviera largo y suelto. Necesitaba algo a lo que agarrarme esta noche. Los tacones Jimmy Choo negros de doce centímetros que usaba mostraban sus piernas tonificadas, y nunca tuve tantas ganas de lamer algo tan en mi vida. Quería acariciar con la lengua cada centímetro de sus pantorrillas, sus rodillas, la cara interna de sus muslos...

Pude sentir su energía mientras vibraba de emoción cuando llegó el vestido negro. No era solo porque pudiese vestirse para la prueba de esta noche, sino que en realidad podía asistir a la codiciada y secreta fiesta de la que todos en Darlington sabían, pero a la que no podían ser invitados. No era solo para los miembros de la Orden, sino también para los hijos de puta más libertinos que venían a jugar a este evento abierto en la mansión.

—Siempre quise asistir —dijo Bellamy en voz baja mientras nos acercábamos al salón de baile—. He escuchado muchas historias.

—Si hubieras escuchado las historias reales, no creo que tuvieras tantas ganas de venir.

Me miró con un delicioso brillo en los ojos y una sonrisa en la cara.

—¿Qué te hace estar tan seguro de eso?

Me detuve justo antes de llegar a la puerta. Podía escuchar el bajo pesado de la música electrónica al otro lado. Esta noche no habría orquesta elegante ni flautas de champán. Oh, no. No esta noche. Esta noche se trataba de conectarse con el diablo. Se trataba de acercarse lo más posible a los pecados malvados para satisfacer sus deseos sexuales hambrientos.

—Las reglas son... —dije, girándola para que tuviera que mirarme directamente.

Sus gruesas pestañas revolotearon mientras me miraba y esperaba lo que tenía que decir.

—Yo estoy a cargo. Harás lo que digo y no preguntarás ni dudarás en absoluto. Aunque es una fiesta, los ojos de los ancianos estarán puestos en nosotros. Siempre estarán observando, y se notará lo que hagamos o dejemos de hacer esta noche.

—¿Qué es exactamente lo que haremos?

—Lo que yo quiera —casi gruñí cuando le di la vuelta y la conduje al salón de baile.

El salón de baile blanco se había transformado en negro. La luz de las velas se reflejaba en las rosas rojas como la sangre y las gruesas cortinas de terciopelo, del color del cielo nocturno, cubrían las paredes. Los fuertes ritmos de la música resonaban en mi cuerpo, y solo se sumaron al chisporroteo del pecado que borboteaba de los pensamientos de los invitados que asistían. La fiesta acababa de empezar, pero ya podía oler el sexo en la sala. Y no cualquier sexo. Látigos, cadenas, cuero y todos los juguetes sexuales que se te ocurrieran eran la decoración de esta noche. Negro, crudo, primitivo y erótico era el código de vestimenta.

Bienvenidos a la fiesta de la víspera de Todos los Santos.

Algunos llamarían a esto una fiesta BDSM. Pero no había consentimiento presente más allá de entrar por las puertas. Una vez que pasabas por estas paredes, todas las apuestas estaban cerradas. Estabas a merced de tu pareja. Eras suyo tanto como él era tuyo. Las reglas de lo que estaba bien y lo que estaba mal se entremezclaban. El «sí» y el «no» se transformaba en un nuevo dicho; un dicho tan poderoso que solo podría susurrarse a puerta cerrada esta noche, en esta fiesta y en la víspera de Todos los Santos.

«Fóllame duro. Más duro. Más duro...»

No había nada delicado en esta sala.

Era demasiado fuerte para escuchar la respiración de Bellamy, pero el movimiento de sus hombros y su pecho me dijeron todo lo que necesitaba saber: estaba nerviosa Y bueno... debería estarlo.

Miré por la sala para ver dónde estaban los ancianos y noté que ya nos estaban viendo entrar. Tal como le dije a Bellamy, la prueba de esta noche había comenzado.

Bajé mi boca a su oído y dije:

—Comencemos.

Sus grandes ojos se volvieron hacia mí.

—¿No nos tomaremos al menos un trago primero?

No respondí y la arrastré hacia una cruz de San Andrés hecha a mano que dominaba la sala. Había tantas herramientas del oficio esparcidas por el salón de baile que iban desde bancos, mesas con correas de cuero, jaulas y tumbonas destinadas al sexo. Pero la cruz seguía abierta, y sería una verdadera lástima que no se utilizara hoy. Estaba en el medio de la sala en todo su esplendor, y era hora de que Bellamy y yo tuviéramos el protagonismo.

Aunque Bellamy caminaba a mi lado, pude sentir su paso más lento a medida que nos acercábamos. Tuve que tirar de ella ligeramente mientras sus pies parecían arrastrarse.

—¿Tienes miedo? —pregunté mientras la ayudaba a subir el único escalón para alcanzar la plataforma de la cruz.

—No —mintió. Sí, era bastante obvio que mentía.

—Deberías.

No perdí tiempo cuando la pegué de bruces contra la madera, besándola brevemente en el hombro y luego en la parte posterior de la cabeza cuando llegué a ella. La cogí de la muñeca y levanté su brazo hacia donde la esperaban las esposas de cuero. Cuando aseguré el material alrededor de su pequeña muñeca, lo seguí con un beso.

Sí, podía ser delicado cuando quería serlo.

Repetí la acción exacta en su otra muñeca y en cada tobillo hasta abrirla de par en par. De verdad se había convertido en una X de belleza. No estaba desnuda... aún. Pero eso era porque tenía un plan. Siempre tenía un plan.

Me acerqué a su oído y le susurré:

—Espera aquí. Vuelvo enseguida.

La vi mover la cabeza para mirarme, mientras trataba de apartar sus pechos de la madera sin éxito.

—¡Espera! ¿Qué? ¡No puedes dejarme aquí sola! Estoy atada y no puedo moverme. No puedes...

—Sí puedo —dije mientras me dirigía hacia un bar que servía cócteles.

Estaba bastante seguro de que cualquier iniciado se sentiría intimidado sabiendo que los ancianos estaban mirando, pero yo no lo estaba. Me habían observado y examinado toda mi vida. Estaba acostumbrado a estar siempre en exhibición y tener que demostrar mi valía. Esta noche no sería diferente.

Pero los ancianos podían esperar a que al menos me bebiese un whisky.

Cuando regresé a donde estaba Bellamy con una bebida en la mano, no pude evitar sentirme entretenido al verla retorcerse por las ataduras. Debería ser más lista. ¿Realmente pensaba que le daría la posibilidad de escapar?

—Te vas a lesionar la piel de las muñecas y los tobillos con todo ese movimiento —regañé mientras me acercaba a la cruz.

—Idiota. Me has dejado aquí sola. No puedo ver nada y no sé qué...

Puse el whisky en sus labios.

—Bebe —interrumpí—. Dijiste que querías un trago primero.

No tuvo más remedio que beber del líquido marrón, y me encantó que tuviera un bozal por ahora. Tomé nota mental de cuánto la idea de amordazarla hacía que mi pene se endureciese, y me aseguraría de hacer ese acto más tarde.

Sabiendo que los ancianos se impacientaban, le quité el vaso de whisky de los labios y terminé de beberbe el resto del trago. Luego me acerqué a una mesa cercana donde un látigo de cuero, entre otros juguetes, estaba en exhibición para su uso. Bellamy pudo girar la cabeza lo suficiente para ver exactamente a dónde iba y lo que estaba cogiendo. La miré cuando sentí el peso del objeto en mi mano y levanté una ceja hacia ella. Sus ojos se abrieron, se lamió los labios y volvió la cara hacia la madera como si se preparara para lo que estaba por venir.

Al darme cuenta de que todavía llevaba puesto su vestido negro, supe al instante que esto no podía continuar así. Aunque se veía extremadamente sexy con lo que vestía, necesitaba presumir la hermosa mujer que era. Eso... y que quería ver sus marcas mientras la azotaba. Alcanzando una daga intrincadamente enjoyada, me detuve por un momento mientras pensamientos perversos pasaban por mi cabeza de todos los actos que podía hacer con la hoja.

Me acerqué con mis herramientas, llevé el cuchillo a la tela de su vestido y comencé a cortarlo. El metal atravesó el satén con facilidad y el vestido se apiló a sus pies como si fuese una piscina de oscuridad. Ella inhaló profundamente cuando le corté el vestido, pero no dijo una sola palabra.

Mi pene se endureció ante la vista, pero más al saber que los ancianos estaban mirando.

Miren, hijos de puta. Mira a la mujer más hermosa de esta sala gritar mi nombre y rogar por mi pene cuando termine con ella. Miren.

Una vez que estuvo desnuda, coloqué el cuchillo a mis pies y recogí el látigo. *Comencemos.*

Estrellé el látigo contra su culo, no con fuerza, sino como advertencia de lo que estaba por venir. Quería que se acostumbrara a la sensación del cuero besando su piel desnuda.

Ella jadeó y se estremeció un poco, pero no volvió la cabeza para mirarme.

Qué graciosa era. Ignorarme no iba a hacer que me fuera.

Volví a bajar el látigo, esta vez con más fuerza, y sonreí cuando gritó de sorpresa. Sin detenerme, repetí el paso unas cuantas veces más, sin detener los azotes hasta que su trasero quedó completamente rosado e hinchado. Sus gemidos y maullidos se mezclaron con el sonido de la música mientras lo hacía, y nunca había escuchado una canción tan sensual en mi vida. La armonía de sus gritos y los ritmos de la música tecno solo me dieron ganas de aportar a la melodía.

Sin dejar el látigo, me acerqué a su oído y susurré:

—¿Te duele?

Tenía los ojos cerrados, los labios separados y jadeaba muy fuerte.

—Nada que no pueda manejar.

Me reí.

—No es que tengas muchas opciones en el asunto, pero aprecio tu valentía.

A nuestro alrededor había gritos de placer y dolor y sexo en abundancia. Flagelar a Bellamy no era diferente ni más especial que lo que los otros hombres en la sala estaban haciendo con sus parejas, así que sabía que te necesitaba destacarme más.

Solté el azotador, cogí el cuchillo y me fijé en que el mango estaba adornado con rubíes, zafiros y esmeraldas. Tenía forma fálica, así que tenía mucho sentido cuál sería mi próximo paso. Me tomé un minuto para acercar primero la hoja a la mejilla de Bellamy y apoyarla contra su cara. Quería que supiera exactamente qué era lo que usaría como nuestro delicioso juguetito.

Su labio tembló cuando dijo:

—No me vas a cortar, ¿verdad? Por favor, no me hagas daño.

Apliqué presión al cuchillo.

—Yo nunca cortaría la perfección. Pero no puedo prometerte que no te lastimaré. Me encanta escuchar tu llanto.

Le di la vuelta a la daga para sujetarla con cuidado donde la base se encontraba con la hoja, llevé el mango hasta su sexo y acaricié los surcos intrincados a lo largo de sus pliegues. Insatisfecho por no ver todo de cerca, decidí arrodillarme, mirando entre sus piernas abiertas. La húmeda carne de su feminidad me saludó mientras lo hacía.

—Te voy a follar con esto —le informé.

Su cuerpo se tensó, pero soltó un gemido en el momento en que embestí su pequeño y apretado agujero con el mango.

Tenía la mejor vista de la sala, pero podía sentir los ojos de los ancianos fijos sobre mi nuca.

«Bien. Miren, imbéciles.

Así es como se ve el poder real».

No había una mujer en esta sala que estuviera tan deseosa por un pene en este momento como mi chica. Podía verlo y olerlo. Y cuando pasé el dedo a lo largo de su sexo, pude sentirlo. Y, llevándome el dedo a los labios... pude saborearlo.

El sexo de Bellamy engulló las gemas mientras introducía y sacaba el cuchillo. Sus fluidos cubrieron el mango, y no tuve ninguna duda de que quería más. Sus gemidos se hicieron más fuertes que la música, y noté que los músculos de sus piernas se tensaban y temblaban.

Mi pequeña zorra del dolor iba a correrse sobre esta hoja para que todos la vieran.

Continué metiéndoselo y sacándoselo más fuerte y más profundo en cada estocada. Me di cuenta de que estaba cerca del orgasmo, tan cerca que, en el momento en que toqué su clítoris y lo pellizqué, su grito resonó y su crema se derramó por mis dedos.

Sacando el cuchillo de su interior, lo arrojé al suelo y besé la piel de su pierna, su culo, su espalda y luego subí hasta su oreja, donde susurré:

—Qué bien te has portado. Tendrás una recompensa.

CAPÍTULO OCHO

Bellamy

TUVO que llevarme de vuelta a la habitación. Tal vez podría haber subido las escaleras sola, pero Emmett me cogió en brazos en el momento en que terminó de soltarme de la cruz de San Andrés y me quedara inerte al acto.

Nadie nunca... a ver, obviamente nadie me había hecho algo así. No podía.... Mi cerebro aún estaba nublado, incluso mientras mi cuerpo zumbaba con el loco orgasmo que me dejó la masturbación con la empuñadura enjoyada de su espada con toda la sala mirándome.

No me sentía yo. ¿Era posible tener un orgasmo tan fuerte que te sacara de tu propio cuerpo? Porque eso era lo que sentía en este momento: como si todavía estuviera flotando a pesar de que me aferraba al cuello de Emmett. Tampoco estaba segura de estar lista para volver a la realidad.

Y cuando llegamos a nuestra habitación y Emmett me depositó en el centro del lujoso edredón, todo lo que pude hacer fue mirarlo.

—¿Qué? —Él sonrió—. ¿Ninguna réplica ingeniosa porque te exhibí así y les mostré exactamente lo hambriento que está tu coñito por cualquier cosa que tu amo le ofrezca?

Sacudí las piernas y abrí la boca, pero no dije una palabra. Sonrió encima de mí, y era aquella la sonrisa de un tiburón. Se arrancó la chaqueta del traje y fue igual de despiadado cuando atacó los botones de su camisa de vestir, tras lo cual por fin se rindió y terminó sacándosela por la cabeza, al igual que con su camiseta.

Luego se tumbó en la cama, arrastrándose entre mis piernas con el impulso de sus enormes y poderosos hombros. Jadeé cuando me agarró los muslos y me abrió las piernas por completo.

—Lo has hecho muy bien hoy —exhaló justo sobre mi feminidad, y me retorcí debajo de él, parpadeando y tratando de orientarme—. Dios, eres hermosa.

Todavía sentía que flotaba, y esto no parecía del todo real; me estaba colmando de elogios. Cada vez que lo hacía, mi sexo palpitaba. Había sido tan tosco conmigo abajo, pero ahora depositó los besos más suaves en la cara interna de mi muslo. Primero en mi muslo izquierdo, luego el derecho. Pero cada vez que llegaba a mi centro, retrocedía y bajaba por mi pierna.

Parpadeé, confundida, y moví las caderas, inquieta. Me sentí ebria con el zumbido de placer. ¿Qué diablos me había hecho en la sala? Pero no quería salir a la superficie todavía, así que no luché cuando me sujetó fuerte las caderas mientras continuaba con su tortuoso avance y retirada.

Sus labios eran increíblemente suaves, y luego, oh Dios, su lengua.

Gemí cuando lamió a lo largo del pliegue entre mi pierna y mi sexo y una vez más se apartó.

—Por favor —gemí y apreté el edredón.

Levantó la cabeza.

—¿Por favor qué?

Al verlo allí, musculoso como un dios griego, colocado entre mis piernas, mi cuerpo entró en convulsión, pero no fue suficiente para correrme a pesar de que estaba al borde del precipicio.

Solo había una cosa que decir, y en ese momento, era más que un juego que estábamos jugando o algo a lo que había accedido por unos momentos algo que debió haberme aterrorizado, pero no fue así.

—Por favor, señor —susurré, al borde de las lágrimas por mi necesidad.

Los ojos se le iluminaron y, por un momento, solo me sostuvo y nos miramos a los ojos.

Y luego, lentamente, muy deliberadamente, bajó la cabeza y lamió mi sexo. Yo ya estaba completamente deshecha: no pude seguir mirándolo a los ojos, apenas me encontraba atada a este universo.

Grité y eché la cabeza hacia atrás.

Palpité y me vine en su boca mientras él me chupaba y me lamía para limpiarme. Y luego me corrí aún más fuerte, haciendo que mis caderas casi rozasen su rostro. Sujetó mi culo con fuerza, comiéndome más rústico, y fue mucho más...

Ay... Dios mío.

Grité a la vez que me corrí con más fuerza que nunca.

Y luego se subió por la cama y se quitó los pantalones en un único movimiento. Abrí las piernas para él, y luego, de un solo golpe, me penetró.

Y me penetró hasta lo más profundo.

La cabecera chocó con la pared cuando me agarró el cabello de la nuca con una mano y me besó intensamente.

Habíamos tenido sexo antes, obviamente, pero nunca así. Traté de abrazarlo, pero me agarró las muñecas y me sujetó a la cama mientras me follaba, dominándome hasta el final.

Y el orgasmo que comenzó con su lengua suave y explora-
dora comenzó de nuevo mientras me metía y sacaba el pene.
Al principio, era solo la fricción externa, pero luego cambió e
iluminó esa parte interna.

Solté mis gritos en su boca, y él se echó hacia atrás.

—Mírame —exigió—. Grita mi nombre mientras te corres.
Deja que toda la mansión sepa quién es tu señor.

Sus órdenes dominantes me hicieron sentirme en las
nubes y grité su nombre mientras le apretaba el pene y me
corría una y otra vez, y luego seguí acercándome cada vez más
a mi orgasmo.

Y Emmett siguió follándome y adueñándose de mi cuerpo
de maneras que nunca sospeché que fueran posibles.

Finalmente había terminado el orgasmo cuando exigió:

—Otra vez. Me estoy corriendo ahora.

Y lo sentí en su postura, en la forma en que sus músculos
se contraían y su mandíbula se tensaba. Estaba a punto de
correrse, y era...

Sentí placer de nuevo. Yo, que nunca había sido multior-
gásmica antes de este hombre.

—Emmett —jadeé con un gemido ronco y agudo cuando
un orgasmo se formó en mi vientre, fue hasta la punta de mis
cabellos y se enraizó de nuevo en mi sexo.

Me penetró con fuerza, hundía mis muñecas en el
colchón y me inmovilizaba con la mirada. Tenía la mandíbula
tan tensa que la vena de su frente palpitaba. Y entonces sentí
que inundaba mis entrañas a la vez que llegaba al clímax.

Nuestras miradas se encontraron, ambos conectados en
éxtasis; él me dominaba, y yo estaba perdida, tan perdida en él
y en el placer y un millón de otras cosas que no entendía, pero
no tenía que hacerlo. Me rendí; mi mente estaba en blanco a
medida que un tsunami de placer recorría mi cuerpo de arriba
a abajo.

Solo me quedé inerte cuando él lo hizo y los dos colapsamos simultáneamente. Se movió ligeramente hacia un lado para no aplastarme, pero aún estaba sobre mí. La firme calidez y presión de su cuerpo me dio una sensación de seguridad y plenitud que jamás había sentido. Si hubiera estado en mi sano juicio, tal vez me hubiera asustado. Pero no estaba en mis facultades. Estaba en el hermoso vacío donde me había llevado. No tenía más responsabilidades, podía confiar en él aquí.

Cuando se giró para apartarse de mí, pensé que iba a llorar, pero regresó de inmediato. Traía un paño húmedo suave y cálido.

Me sostuvo en sus brazos mientras me lavaba. Me quedé en silencio, dócil como una muñeca, observando todo lo que hacía con los ojos muy abiertos. Pero estaba lejos de estar tranquila.

—Eres tan hermosa —murmuró pasando la cálida tela entre mis piernas—. Y valiosa.

Me dio la vuelta, y con manos tan suaves que a duras penas creí que perteneciesen a Emmett, vertió una especie de ungüento con olor a hierbas en los lugares donde me azotó antes. Casi al instante empecé a sentirme adormilada.

Y cuanto más me susurraba lo orgulloso que estaba de mí por lo bien que lo había hecho, más somnolienta me ponía. Nadie nunca me...

Se me humedecieron los ojos y los cerré para no llorar.

Mientras regresaba lentamente a mi cuerpo, sus manos aún calmaban mis lugares doloridos, pero mis pensamientos eran un revoltijo. Nunca nadie había esperado tanto de mí, y nunca me había esforzado tanto como esta noche. Había tratado de ser perfecta y no había sido fácil. Estaba aterrorizada de lo que iba a suceder cuando empezó a atarme a esa endiablada cruz. Pero estuvo a mi lado, y eso me ayudó.

Permitir que me cuidara así me hizo sentir más desnuda que cuando había estado frente a todos los ancianos, pero no me aparté. Aun así, no podía mirarlo, mucho menos después del sexo que acabábamos de tener. Sentía como si al final estuviese viendo en mi interior, y no sabía...

Estaba viendo más de mí que cualquier otra persona en el mundo. ¿Qué se suponía que debía hacer con todo esto?

—Shhh —murmuró como si pudiera escuchar mis pensamientos turbulentos. Se subió a la cama detrás de mí. Sus rodillas encajaron detrás de las mías y pegó su pecho a la curva de mi espalda. Cuando me rodeó la cintura con el brazo, todo mi cuerpo se relajó en él, y mis agitados pensamientos se calmaron hasta que la superficie de mi mente se volvió tan mansa como un lago plácido en el silencio de una mañana tranquila.

—Duerme —ordenó, y como cada una de sus órdenes esa noche, mi cuerpo obedeció casi al instante.

CAPÍTULO NUEVE

EMMETT

AUNQUE LA TEMPERATURA estaba bajando en Georgia, el calor del día seguía sofocante en los confines de la Oleander. Pasábamos demasiados días encerrados adentro, esperando nuestra próxima prueba, lo cual estaba empezando a afectarme. Y por lo irritable que Bellamy se ponía a veces, me daba cuenta de que se sentía igual. Nadie me advirtió lo duros que serían los meses en la Oleander. Las pruebas no eran nada en comparación con tener tanto tiempo libre.

—Hoy parece el día perfecto para ir a nadar —anuncié mientras cerraba mi portátil y me levantaba para estirarme.

Bellamy levantó la vista del libro que estaba leyendo y negó con la cabeza.

—No he traído bañador.

Cogí el libro y se lo retiré de las manos.

—No lo necesitas.

Sin darle oportunidad de discutir más, la cogí de la mano y la saqué de nuestra habitación y de la mansión y nos fuimos hacia el lago.

Había pasado bastante tiempo desde que estuvimos por primera vez en el lago, y en el momento en que lo vi a medida que nos acercábamos, lamenté no haber venido más seguido. El agua besaba la costa y el reflejo del sol hacía que bandas de color y luz bailasen sobre la superficie.

Tras quitarme los zapatos, me giré para mirar a Bellamy.

—Vamos a entrar. El agua se va a sentir muy bien.

Estaba un poco más fría de lo que esperaba y, sin embargo, después de coger aire rápidamente, levanté los brazos y me sumergí bajo la superficie. Nadé bajo el agua hasta que me hizo falta respirar, salí a la superficie y me aparté el pelo de la cara. Avanzando en el agua, miré hacia la orilla y me sorprendió ver a Bellamy aún de pie, mirando.

—¿Te vas a meter? —exclamé a modo de pregunta.

—Estoy bien. —Miró una roca cercana en la costa y fue a sentarse en ella.

—Hace calor. Vamos. —Nadé de regreso a la orilla para poder convencerla de probar el agua—. No está tan frío. Te lo prometo.

Ella sacudió la cabeza.

—No es eso. Es que...

La vi quitarse las sandalias y meter los dedos de los pies en el agua.

—No tengo mi bañador puesto.

—Yo tampoco —señalé—. Creo que hemos pasado la etapa de la timidez. —Saqué los brazos del agua para señalar a mi alrededor—. Y solo estamos tú y yo aquí afuera. No tienes que preocuparte por que alguien te vea.

Miró el agua, y pude ver que lo estaba considerando.

—Vamos —insistí—. ¿Te tengo que ir a buscar?

Ella se rio.

—No. Puedo hacerlo yo sola. —Se puso de pie y me señaló —. Pero no me mojes el pelo.

Necesité todo de mí para no poner los ojos en blanco. Estas señoritas y su cabello...

Pero me distraje rápidamente cuando empezó a desvestirse. Mi pene se endureció en el momento en que posó los dedos en la cinturilla de sus pantalones cortos y los haló hacia abajo para revelar su bien moldeado trasero. Mientras se quitaba la camiseta, me ofreció una sonrisa maliciosa. Se desabrochó el sujetador, lo tiró al suelo, se quitó las bragas y se puso de pie mientras examinaba todo su cuerpo desnudo de pies a cabeza a la luz del sol.

Esto era diferente a una prueba y a la privacidad de nuestro dormitorio. Estaba expuesta, vulnerable y más seductora que nunca.

—La verdad es que no nado muy bien —confesó, sin darme la oportunidad de responder mientras pasaba a mi lado y se metía al agua.

Sumergió todo su cuerpo bajo el agua, pero tuvo mucho cuidado de que el agua no le pasase del cuello para evitar que su cabello o su rostro se mojaran.

—Sabes —comencé a decir—. Está bien estropear tu maquillaje perfecto y tu cabello secado. Juro que no le diré a nadie que te has dado un chapuzón.

Me di cuenta de que nunca me dejaba verla sin el rostro lleno de maquillaje y el cabello perfectamente peinado. Ni siquiera salía del cuarto de baño después de ducharse hasta estar completamente arreglada, lo cual no era inusual al salir con mujeres en Georgia. Era como si estuvieran preparadas para tener siempre un labial listo y un secador de pelo en la mano.

—A mi madre le daría un ataque si se entera de que estoy haciendo todo esto en el lago. Las damas no se bañan desnudas, y mucho menos a plena luz del día —dijo con un fuerte acento sureño.

—¿Nunca quieres romper las reglas perfectas del sur de

vez en cuando? —pregunté, siguiéndola más profundo en el agua.

—Todo el tiempo —replicó ella—. Pero es mejor que veas mi lado bueno. Nadie necesita verme sin maquillaje. No es una imagen agradable.

Aunque tenía una sonrisa mientras decía las palabras y parecía como si estuviera bromeando, percibí tristeza en las palabras.

—No estoy de acuerdo —respondí, cogiéndola del brazo y haciendo que dejase de nadar, cuando su cabeza estaba saliendo del agua—. No creo que necesites todo ese maquillaje para ser bonita. Eres hermosa al natural.

Ella resopló.

—Desde niña me enseñaron que la belleza natural no existe sin ayuda. Creo que me pongo labial desde los diez, cuando mi madre me dijo que tenía la maldición de los labios finos.

Ambos nos paramos en el agua, mirándonos. Ella estaba sonriendo, pero yo no.

—Es una pena, Bellamy. Tu madre nunca debería haberte hecho sentir que no eras perfecta en todos los sentidos.

—Nadie es perfecto. —Apartó la vista de mí mientras decía esas palabras—. Pero para eso están las ilusiones. Podemos embellecer a cualquiera con suficiente rubor y sombra de ojos.

Avancé hacia ella y le dije:

—Sumérgete debajo del agua conmigo.

Abrió los ojos de par en par.

—¿No has oído una palabra de lo que he dicho? No voy a estropearme el...

—Escuché todo lo que has dicho y quiero demostrarte que estás equivocada. Sumérgete debajo del agua conmigo.

—No.

—No me hagas mojarte.

—Más te vale que no lo hagas.

—¿O qué? —bromeé.

—¡Emmett! —chilló cuando la agarré con fuerza.

—No te voy a obligar, pero vamos, Bellamy. Desátate. Echa a tu madre de aquí. Rompe las reglas por una vez en tu vida. Deja de escuchar a tu mamá y ven a nadar conmigo.

De hecho, pude verla considerando mis palabras, y luego, por fin, sin previo aviso, se zambulló en el agua, con cabello y todo.

Clamé de emoción al mismo tiempo que me hundí y nadé con ella en la parte más profunda, sin ataduras por las reglas de una sociedad pasada de moda.

Después de un tiempo ambos salimos del agua, sin aliento y sintiéndonos más vivos de lo que nos habíamos sentido desde que llegamos a la Oleander. Sintiendo la libertad.

El cabello mojado se le adhirió al rostro, y su maquillaje había desaparecido en su mayoría, excepto por algunas manchas negras alrededor de sus ojos.

—Nunca he visto a nadie más bonita que tú en este momento —la elogié, y fui sincero con cada una de esas palabras.

Capturé la boca de Bellamy con la mía, exigiendo más de su sabor con cada caricia de mi lengua. No me cansaba de esta mujer. Era como una droga y me tenía adicto. No pensé que fuera posible que se volviese más hermosa de lo que ya pensaba que era, pero con el agua corriéndole por la piel perfecta y su cabello salvajemente despeinado a los lados de su rostro, no quería volver a verla nunca más de ninguna otra forma.

Quería estar dentro de ella. Era un hambre que apenas podía controlar. Y luego quería lo mismo otra vez. El día no tenía suficientes horas para las ganas que tenía de seguir follándola, reclamándola, haciéndola mía. Mi lado primitivo apareció, pero había algo más...

Algo en el fondo que me asustaba si lo pensaba demasiado.

Bellamy se separó del beso y me miró con sus grandes ojos azules.

—Debo estar hecha un desastre en este momento.

—Eres hermosa. Mucho más hermosa de lo que las palabras pueden describir. Es una pena que tu madre y nuestra sociedad te hayan hecho dudar de eso. No necesitas la falsedad para ser hermosa, porque lo eres, por tu cuenta.

Apretó su cuerpo desnudo contra el mío y me deshice por completo. Cualquier control que tenía se desvaneció en el momento en que sus muslos tocaron los míos.

Le di la vuelta y presioné mi pecho en su espalda. Le acaricié los pechos con mis manos y apoyé mi rígido miembro en su culo. Mordisqueándole la oreja, susurré:

—Me estás haciendo sentir cosas. Despiertas en mí esta necesidad animal que tengo de reclamarte.

Mientras rozaba su garganta, el recuerdo de las pruebas y todo el sexo que habíamos tenido apareció frente a mis ojos, pero algo se sentía diferente esta vez.

No tenía que follarla.

Y ella no tenía que permitírmelo.

—Me haces sentir... diferente. Libre —dijo mientras inclinaba la cabeza más hacia un lado, dándome un mejor acceso para morderle y besarle el cuello. Su pequeño gemido de lujuria hizo que mi miembro se endureciese.

—Nunca vuelvas a sentir que tienes que ser falsa —le dije entre mi asalto de besos en su cuello, su hombro y su clavícula.

Mientras masajeaba sus senos, mi pene se ponía aún más rígido siempre que Bellamy gemía de placer, claramente sin sentir que tenía que ocultar su creciente deseo.

—No quiero que te detengas —ronroneó mientras alcanzaba su espalda, ponía una mano en mi culo y me acercaba aún más a ella. El acto hizo que mi pene encajase más entre sus nalgas deliciosamente cerca de su apretado y prohibido agujero.

—No tenía intención de parar.

Apartando mi mano de sus pezones, pasé las yemas de los dedos por su estómago hasta su monte de Venus para acariciarlo mientras le gruñía al oído. Encontré su clítoris, apliqué una leve presión y moví mi dedo con suavidad en forma de círculos. Me encantaba escuchar su respiración entrecortada y disfrutaba ver lo mucho que le encantaban mis caricias, y que hasta quisiera más por la forma en que se movía hacia mi mano. Sabía que podía hacer que llegara al orgasmo de esta manera, pero quería mantenerla al límite para mi objetivo final.

Agarrándome el pene con la otra mano, guie mi mástil más allá de los pliegues de su sexo y penetré su sedoso calor. Gimiendo en voz alta, comencé a embestirla y salir de ella, y sentí que las paredes de su sexo se contraían con fuerza. El agua del lago fluía entre nuestros cuerpos mientras las pequeñas olas provocadas por nuestro movimiento chocaban con nuestra carne.

Bellamy se aferró a mi mano, que aún descansaba sobre su feminidad, y les hizo compañía a mis gemidos con los suyos propios.

—Emmett —dijo repetidamente entre jadeos. El sonido de placer que salía de sus labios me cautivó por completo.

Todavía tenía otro objetivo en mente, así que salí de su apretado sexo, sujeté mi pene de nuevo, pero esta vez lo llevé hacia su ajustada entrada trasera.

Tenía que hacerla mía en aquel lugar.

Quería reclamarla de la manera más íntima y, al mismo tiempo, primitiva.

Siendo la sumisa perfecta que era, incluso si no estaba consciente todavía, Bellamy se inclinó muy levemente, ayudándome en mi búsqueda. Hizo presión en la punta de mi miembro cuando encontró el pequeño agujero. Su gesto me dijo en silencio que tenía tantas ganas de sentirme dentro como yo de metérselo.

Soltó un grito ahogado cuando la punta de mi pene penetró la superficie de su ano, y todo lo que tenía que hacer era empujar. La estiré muy lentamente, prestando mucha atención a sus maullidos y gemidos en busca de cualquier signo de angustia o dolor grave. Pero todo lo que escuché fueron sonidos de lujuria y pasión animal.

Envolví su cabello mojado en mi puño y le di un tirón hasta que se giró para mirarme.

—Relájate —le dije—. Déjame entrar.

Tenía los ojos vidriosos y estaba ligeramente boquiabierta mientras asentía con la cabeza, y pude sentir que las paredes de su agujero se soltaban para aceptar mi tamaño. Era todo lo que necesitaba para seguir adelante.

Mi pene palpitó cuando gimió en voz alta, sin preocuparse de que alguien a la distancia la pudiese escuchar. Estaba desatando sus deseos más oscuros bajo la luz del sol más brillante. Para recompensarla, moví mi dedo, que aún descansaba sobre su clítoris, con la esperanza de poder hacer que se corriera con mi pene arraigado en lo más profundo de su ano.

—Voy a entrar más y hacértelo más duro —advertí.

Ella asintió y gimió en voz alta.

—Tu dedo. Tu pene dentro de mí. Todo eso... —Jadeó cuando la penetré aún más profundo—. Vas a hacer que me corra de nuevo.

—Sí, preciosa. Córrete mientras te penetro el ano. Dame ese orgasmo, Bellamy.

No iba a durar mucho más, pero esperé hasta escuchar sus repetidos gemidos de absoluta pasión convertidos en gritos orgásmicos. Los espasmos que sentí en las paredes de su ano fueron me bastaron para desencadenarme dentro de ella. Choques eléctricos de placer corrieron por cada vena de mi cuerpo.

Bellamy se dio la vuelta y me besó suavemente en los labios para sacarme de la experiencia casi extracorpórea. Cada centímetro de mi piel vibraba de euforia. Atrayéndola a mi pecho, me incliné y le besé la frente, la nariz, las mejillas y luego los labios.

Al sentir su escalofrío, me di cuenta de que podía sentir la piel de gallina en su piel mientras le acariciaba la espalda.

—Tienes frío.

—El agua del lago está fría —dijo, acomodándose un poco más cerca.

Tiré de su mano en dirección a la orilla, pues quería asegurarme de que estuviese cómoda y abrigada. La necesidad de protegerla y mantenerla siempre a salvo era como un puñetazo en el estómago. Ella era mía. La quería poseer, pero también cuidar.

Estos sentimientos eran extraños, pero eso no significaba que no existieran.

No podía negarlos por más tiempo.

Algo estaba pasando con Bellamy. Algo mucho más profundo que el sexo durante las pruebas.

CAPÍTULO DIEZ

Bellamy

PASARON SEMANAS, pero desde el día del lago... todo comenzó a ser diferente. A Emmett todavía le encantaba dominarme, pero era como... Ni siquiera sabía cómo explicarlo. Eran más dulces las cosas entre nosotros. El sexo no era más delicado. Cielos, en cualquier caso, desde que probó mi ano le encantaba hacérmelo más y más fuerte. Pero era diferente; era emocionante cada vez que me llevaba al límite y que me cuidara luego, tanto durante las pruebas como cuando estábamos solo nosotros dos en nuestra habitación.

No estaba segura de qué hacer con todo aquello.

Pero estábamos teniendo éxito en las pruebas, y el tiempo pasaba.

Y por primera vez en mucho tiempo, estaba... feliz, lo cual era loquísimo, considerando algunas de las cosas que nos pedían. El otro día, los hombres hicieron fila y tomaron chupitos de gelatina directamente de mi cuerpo durante horas. A nadie más que a Emmett se le permitía follarme, pero podía sentir su tensión mientras otros hombres me lamían y acariciaban a la vez que se tomaban sus tragos.

Cuando regresamos a la habitación, me llevó directamente a la ducha. Allí me frotó a fondo con una esponja vegetal y luego pasó las siguientes tres horas follándome; todo mientras llevaba puesto un anillo en el pene con el que pretendía tenerlo duro todo el tiempo. Como si quisiera sacarme de la mente el recuerdo de las manos de otros y que recordara solo las suyas.

Definitivamente había funcionado. Demasiado bien, pensaba a veces. Porque los pensamientos de Emmett me consumían todo el tiempo.

Debería haberme cansado del hombre y de estar encerrada con él las veinticuatro horas del día, los siete días a la semana. Pero pensaba en formas inventivas de dominarme cuando percibía que estaba inquieta. A veces, me tenía agachada a sus pies mientras leía un libro y me pasaba los dedos por el cabello. Debió parecerme denigrante, como si estuviera acariciando a un perro, pero no fue así, porque comencé a desear sus caricias, y estaba en sintonía conmigo.

Había días en que me ordenaba que me diera placer mientras trabajaba, de forma intermitente durante horas. Era implacable y nunca sabía cuál sería su estado de ánimo en un día específico. Pero todos los días, por lo general más de una vez, se tomaba un descanso para jugar conmigo, aunque él lo llamaba «entrenamiento».

El hombre estaba absolutamente fascinado con mi culo; lo azotaba, le metía tapones. Las bolas anales también eran una de sus favoritas. Y, por último, pero no menos importante, me follaba allí. Sin embargo, solo lo hacía una o dos veces por semana, como si lo guardara como un regalo especial para sí mismo. El resto de las ocasiones, me lo hacía por todos los demás lados.

Le encantaba recibir llamadas mientras me tenía de rodillas debajo de su escritorio, follándome la boca vigorosamente mientras conservaba su voz monótona y seria. Siempre hacía el amor agresivamente después de estas llamadas, y lo comprendía. Sí, quería impresionar a los ancianos, pero este lugar estaba hecho para un tipo pervertido como él.

Puede que no le gustase la incertidumbre de las pruebas, pero le encantaba follarme y dominarme frente a otros hombres. Su último truco favorito fue negarme el orgasmo en los días de prueba. Pasaba horas estimulándome, llevándome al límite, pero sin permitirme llegar al clímax porque quería el espectáculo más espectacular para los ancianos. Era cruel, me enloquecía y... me humedecía su roce y la necesidad de tenerlo siempre dentro de mí.

Y las cosas que me quería hacer desear con aquel entrenamiento... Dios. Hoy era noche de pruebas, y durante todo el largo almuerzo, me provocó varias veces y se alejó cada vez que mi orgasmo comenzaba a llegar a su punto máximo. Y luego, cuando volvió al trabajo, me dejó con un vibrador dentro que encendía a diferentes velocidades pulsantes durante toda la tarde. Entonces, justo cuando comenzaba a calmarme, encendía la maldita cosa y me llevaba al borde nuevamente. Puta tortura sin fin.

Al menos me dejaba ducharme sola. Estuve tentada de tocarme al hacerlo, pero era una mujer sensata. Conociendo a Emmett, esto debía ser una prueba. Ya no podía mentirle a ese hombre ni que mi vida dependiera de ello. Por supuesto que me preguntaría.

Sabía que portarme bien significaba que tendría que correrme una y otra vez esta noche frente a los ancianos, pero desobedecer significaba un castigo que se extendería mucho más allá del día de la prueba. La última vez que desobedecí, pasó días ignorándome. No solo no tuvimos sexo, me aplicó la ley del hielo también.

Y era sorprendente lo mucho que mi cuerpo recién hambriento de sexo se rebelaba después de los orgasmos casi constantes. Me sentí necesitada y casi le rogué que me castigara, prometiéndole que me portaría bien a partir de ese momento. Me dije que era solo un papel que estaba interpretando. Sería mientras estuviésemos aquí, y además estaba aburrida.

Sin embargo, había empezado a sentir desesperación cuando aguantó otro día entero antes de darme una nalgada prolongada que me dejó tan adolorida que al día siguiente no podía sentarme. Pero después me hizo un masaje y me acarició con la mano el día siguiente. Me hizo sentir tan cuidada y valiosa que sabía que sufriría cualquier humillación para evitar eso otra vez.

Salí de la ducha y le sonreí, todavía un poco sorprendida por el calor que sentía en el pecho cada vez que lo miraba. Era una sensación nueva y extraña.

Me miró con sus ojos oscuros. Esperé a que su habitual sonrisa iluminara su rostro y que nos dedicáramos aquella secreta mirada de deseo. Solo llevaba puesta mi toalla, y sí, puede que haya estado tratando de tentarlo para que rompiera sus propias reglas y me follara antes de la prueba.

Pero frunció el ceño y miró el reloj.

—¿Por qué no estás lista? Debemos irnos pronto.

Parpadeé, repentinamente insegura. Me aferré a la parte superior de la toalla que me cubría el cuerpo.

—No es gran cosa. De todas formas, no había nada en la caja excepto los tacones, y no me demoro mucho en ponérselos.

Él solo me miró.

—Pero ¿no vas a hacerte algo en el cabello? —Hizo un gesto—. ¿Y el maquillaje y todo eso?

Mi corazón abierto y confiado se arrugó y se hundió metros bajo tierra. Tragué saliva y asentí, retrocediendo y corriendo hacia la puerta del baño.

Emmett se puso de pie y vi que ya tenía puestos los pantalones de traje oscuro y la camisa blanca, planchados a la perfección, y sus pasadores de oro y diamantes.

—Es solo que... sabes que tenemos que estar perfectos. El labial rojo estaría bien.

Tenía que irme. Tenía que alejarme de él. Me di la vuelta, hui al cuarto de baño y cerré la puerta detrás de mí. Cerrando así también a Emmett y sus palabras. Apreté los ojos con fuerza mientras otras palabras resonaban en mis oídos. Eran las palabras de mi madre. «No salgas ni al buzón sin tu pintura. Tienes que ser perfecta. El mundo siempre está mirándote».

Abrí los ojos y me miré en el espejo. Mi cara estaba pálida y tenía ojeras debajo de los ojos. Además, mis labios eran inexistentes.

Emmett era un mentiroso de mierda. Era como todos los demás. No creía que fuera perfecta tal como era porque no lo era. Cielos, ¿no era ese el objetivo de que me dominara? No era suficientemente buena al natural.

Me había estado engañando a mí misma al pensar que me respetaba o que le parecía hermosa. Y Dios, había estado dando vueltas por la habitación sin maquillarme durante las últimas dos semanas. Ja, supongo que eso le demostraba lo equivocado que estaba con todo el asunto del maquillaje. Ahora que lo pensaba, me había estado follando mucho por detrás. ¿Ni siquiera podía soportar mirar mi verdadero rostro mientras me lo hacía?

Abrí el cajón con mi maquillaje dentro y miré todas las

herramientas que había usado toda la vida para ser la mujer perfecta. Empecé con el delineador de labios; dibujé la línea por fuera de mis labios reales para que parecieran casi el doble de grandes.

Cuando finalmente salí, completamente maquillada, perfecta y pulida media hora más tarde, Emmett estaba de pie con el traje completo y corbata y se veía ansioso.

—Estás sobre la hora, ¿no te parece? —ladró—. Casi llegamos tarde. ¿Qué impresión crees que le va a causar a los ancianos?

Quise enseñarle los dientes y decirle que se fuera a la mierda, que me importaba un cuerno lo que pensaran un montón de viejos estúpidos y flácidos.

Pero hice lo que había hecho toda mi vida. Yo era una niña buena sureña. Me lo tragué todo, fui a ponerme unos tacones brillantes que desafiaban a la muerte, y lo cogí del brazo. No perdió tiempo para salir de la habitación. Era decidido, después de todo. Yo no era más que un adorno bonito para llevar del brazo. Mi propósito era verme hermosa y ser un agujero que los hombres pudiesen follar.

Me alegraba mucho que me hubiese recordado mi lugar antes de que perdiera la cabeza por completo pensando que era algo que no era.

Por lo general, sentía una chispa de emoción cuando nos acercábamos a una prueba. Por lo general, me emocionaba montar un espectáculo frente a los ancianos y disfrutar de esa conexión especial entre Emmett y yo mientras realizábamos cualquier acrobacia pervertida que tuviesen preparada para la noche.

Pero lo único que quería hacer en ese momento era darme la vuelta, correr escaleras arriba y quitarme lo que parecía el kilo de maquillaje que tenía en la cara. pero no, bajé el último escalón de la gran escalera y seguí a Emmett al salón de baile blanco, excepto que, a diferencia de lo habitual, no había música ni otras mujeres desnudas sobre los miembros con túnicas plateadas.

Los ancianos todavía tenían puestas sus túnicas, al igual que los demás miembros, que se encontraban de pie alrededor de forma solemne. Pero había una silla de caoba instalada y, a unos metros de ella, lo que parecía una mesa de masaje larga. Y eso era todo. La inquietud en la boca de mi estómago aumentó a medida que Emmett y yo avanzábamos.

—Súbete y acuéstate de espaldas —me ordenó un anciano una vez que llegamos a la mesa de masaje.

Emmett me soltó la mano y me sentí completamente sola mientras hacía lo que me decían. Aunque no me gustó. Sabía que se suponía que las pruebas se volverían más intensas a medida que avanzáramos, y esto no me gustaba para nada

Aun así, traté de mantener la calma cuando Emmett se sentó en la silla de caoba frente a mí.

No fue hasta que un hombre tatuado salió con un taburete y una caja de instrumentos que comenzó a instalar, al igual que una máquina de tatuajes, que perdí la compostura.

Me senté y negué con la cabeza.

—Acuéstate —ordenó Emmett en voz baja, asesinándome con la mirada.

Levanté las manos y la cabeza todavía me temblaba de un lado a otro involuntariamente.

—No, no. Nada con agujas.

Emmett se puso de pie y pude ver lo enojado que estaba. Se acercó a mí y puso la mano en el centro de mi esternón como si fuera a empujar hacia abajo, pero le aparté la mano de un golpe. Escuché el murmullo que comenzó entre los ancianos, pero Emmett no era el único que podía enojarse.

—No me toques —siseé.

Los ojos de Emmett casi siempre estaban oscuros, pero se

volvieron negros como boca de lobo ante mi reticencia. Se inclinó y su voz sonó helada.

—Me estás avergonzando, maldita sea.

—Ah, Dios no lo quiera —me burlé por lo bajo.

Levantó la mano y me agarró por debajo de la barbilla para obligarme a verle a la cara.

—No sé de dónde viene esta malcriadez, pero que se acabe ahora mismo. Te harán ese tatuaje sin que digas ni una palabra más y luego les agradecerás por ello.

Quise arrancarle los ojos. ¿Adónde se había ido el tierno hombre que quería protegerme y lastimarme solo de una manera que me diera placer? Se había ido y aquí estaba este cabrón sádico que solo se preocupaba por aparentar para la gente que nos miraba.

«Da un buen espectáculo sin importar lo que sientas. Escóndelo todo en el fondo». ¿A quién le importaba si estabas podrida por dentro hasta la médula? Por fuera, nos veríamos hermosos, como si lo tuviéramos todo bajo control.

Seríamos perfectos.

—Cómo te odio, joder.

Retrocedió como si algo lo hubiese picado, lo cual fue bastante bueno. Negué con la cabeza, cerré los ojos y me acosté como la buena muñequita por la que todos estaban pagando.

Superaría esto de alguna manera. Odiaba las agujas. De hecho, odiaba el dolor físico. El hecho de que Emmett hiciera que me gustara cualquiera de las cosas que me hacía era testimonio de lo mucho que le había permitido que me embrujara.

Bueno, ya esto se iba a terminar. Ahora mismo, esta noche, con el primer zumbido y pinchazo de la aguja en la piel sensible de mi cadera. Me tensé y mi cuerpo se estremeció cuando la aguja me pinchó en la cadera. Me esforcé por no gritar. Joder, cómo dolió.

Pero, ¿de verdad pensé que tatuarme su puñetera etiqueta de precio iba a hacerme sentir de otra manera? Mantuve los ojos cerrados mientras las lágrimas caían por mis mejillas. La única satisfacción que tuve fue esperar que mi rímel perfecto se convirtiese en un mar negro.

CAPÍTULO ONCE

EMMETT

—HABRÁ consecuencias para las acciones de hoy —dije entre dientes apretados. Estaba usando todas mis fuerzas para mantener la compostura.

—Vete a la mierda con tus consecuencias. —Bellamy irrumpió en nuestra habitación y se quitó los zapatos de una patada—. Estoy cansada de tus órdenes perversas. Me dices cuándo arrodillarme, cuándo chupar, cuándo correrme. Ya basta de eso.

—Bellamy... —Esperaba que se percatase del tono de advertencia de mi voz, porque estaba peligrosamente cerca de perder el control y decir o hacer algo de lo que me arrepentiría.

Ella se limitó a fulminarme con la mirada.

—¡No me puedo creer que hayas dejado que me hicieran lo de hoy! —Se miró la cadera—. ¡Tengo un tatuaje en la piel para siempre! ¡Lo tendré todos los días de mi vida!

—Era una prueba, Bellamy —dije, sintiendo que la ira se

acumulaba dentro de mí a pesar de que estaba inhalando y exhalando lentamente en busca de paz interna—. Y nos avergonzaste a los dos.

Se apartó de mí y bufó.

—¿Que te avergoncé? ¿En serio? ¿Te preocupas por lo que pensaran en vez de...? —Examinó su tatuaje de nuevo—. ¿En vez de que estamos marcados de por vida? No sé por qué actúas como si tu comportamiento de hoy hubiese sido aceptable.

—¿Y qué esperabas? —le pregunté mientras iba al armario que tenía dentro una botella de whiskey y un par de vasos de vidrio. Necesitaba un trago más que nunca en mi vida—. ¿Debí haberte mimado y acariciado tu delicada manito mientras pasabas por una prueba en la que quisiste participar? ¿Debí haberte llamado «cariño» y tratarte como una princesa, tal como lo han hecho todos durante toda tu vida?

—¡Eres un tonto! —Sacó algo de ropa de una cómoda y luego se precipitó al baño, donde cerró la puerta tras de sus espaldas—. Por lo menos pudiste haberte comportando como un humano medianamente decente —dijo desde el otro lado de la puerta.

—Si creíste que las pruebas iban a ser sencillas, entonces te has equivocado. Yo no te obligué a venir a la Oleander. Yo no te forcé a estar de acuerdo con ninguna de estas cosas —le grité a la puerta, enfadado por no mirarla a la cara—. ¡Y no voy a pelear contigo con una puerta de mierda en medio!

Fui hasta la silla que estaba junto a la chimenea, whiskey en mano, y decidí ignorarla por el resto de la noche. No íbamos a llegar a ningún lado con este enojo, y aunque iba en contra de todo lo que creía en cuanto a una relación entre un dominante y una sumisa, tenía que dejar esto estar.

Más tarde salió del baño. Llevaba puestas unas mallas y una camiseta. La simpleza de su apariencia me recordaba lo hermosa que era sin todo el maquillaje de efectos especiales y el atuendo. Pero no iba a decirle aquello ahora mismo.

—Y a propósito —dijo con un tono mucho más tranquilo; el viaje al cuarto de baño nos había dado el tiempo muerto que necesitábamos para dar fin a la ira descontrolada—. Nunca esperé que las pruebas fueran fáciles, pero sí esperaba tener un compañero. Me esperaba a alguien con quien pudiese contar y que me ayudase durante todo el proceso. Lo que pasó hoy fue... abusivo.

Su acusación fue como un bofetón. Nunca me habían acusado de ser abusivo en toda mi vida.

—¿Abusivo? ¿Es una broma? ¿De qué forma fui abusivo?

—Me obligaste a hacerme ese tatuaje.

—La Orden del Fantasma de Plata te obligó. La prueba te obligó. Joder... toda nuestra retorcida situación te obligó. Yo simplemente esperaba que siguieras adelante con un compromiso que hiciste. Si acordamos hacer algo, entonces créeme que voy a esperar que lo hagamos a la perfección.

Dobló el cobertor de la cama y se apoyó de un costado.

—Sí, lo sé, Emmett. Pero tu perfeccionismo, tu necesidad retorcida de complacer a los ancianos y que piensen que eres el mejor, es agotador. ¿Por qué coño te importa tanto? ¿A quién le importa si no nos comportamos como monos perfectos hoy? Porque te aseguro que a mí me da igual.

—No me gusta tu forma de hablar, y definitivamente tampoco lo que estás diciendo. ¿No te enseñó tu madre a hablar como una señorita?

Mis palabras parecieron darle un bofetón en la cara casi igual que su acusación de abuso hizo conmigo.

Se quedó en silencio por varios minutos y me tomé el tiempo para beberme el whiskey e intentar tranquilizarme. No me gustaba estar perdiendo el control, pero esta mujer tenía el talento para sacarme de quicio.

—Pensé que eras diferente a los otros —dijo en voz baja—. Pero eres tan idiota como los demás en Darlington. La imagen lo es todo para ti. Eres parte de la enfermedad que plaga este pueblo. Lo que no estás dispuesto a enfrentar es que nunca, nunca encajarás aquí. Tu dinero es nuevo, y el de ellos es viejo. Te esfuerzas tanto, y ellos no hacen más que reírse a tus espaldas. La vida que intentas vivir es falsa. Todo es falso.

—Es gracioso que me digas eso, porque tú eres la reina de la falsedad. Tenía la esperanza de que también fueses diferente, Bellamy. Pero solo eres una remilgada señoritinga que se enfada cuando no consigue que los hombres coman de su mano y la pongan en un pedestal.

Las lágrimas se le acumularon en los ojos, pero pestañeó para contenerlas antes de soltar:

—Eres el mismo perdedor que eras en el instituto, el que se esforzaba para caerles bien a todos. En ese entonces no pertenecías a ese mundo, y desde luego que tampoco ahora. Es patético. Nunca has tenido carácter, y ahora lo único que les demuestras a los ancianos es lo débil y necesitado que eres. Quieres su aprobación con tanta desesperación que te has vuelto un cobarde.

Incapaz de controlar mi ira un momento más, arrojé el vaso de whiskey al otro lado de la habitación. Fragmentos de vidrio volaron por todos lados, y el líquido ambarino quedó chorreando en la pared.

—Entonces acabemos con esto ya —bramé—. No me hace falta esta mierda.

Ella abrió los ojos, pero no se movió de la cama.

—No podemos. Tenemos que terminar.

—No necesito el dinero de mierda ni el estrés. Y tú tampoco necesitas dinero. Así que el hecho de que nos estemos torturando no tiene sentido. Ya me cansé. —Comencé a caminar por la habitación de un lado a otro. Me sentía como un tigre enjaulado—. Tienes razón en algo: he estado intentando complacer a los ancianos porque ese es el puto propósito de las pruebas. Pero me harté. Llegué al límite. Dejemos esto hasta aquí.

—¡Espera! —Extendió una mano—. No podemos renunciar así.

Hice una mueca.

—Sí, sí podemos.

Bellamy respiró hondo.

—Tenemos que terminar. No podemos ser de los que se dan por vencidos.

—Sí... podemos serlo.

La realidad de salir por la puerta de la Oleander me cayó con todo su peso. ¿Decepcionaría a mi padre al no convertirme en miembro de la Orden? Posiblemente. ¿Sería un escándalo o una vergüenza? Suponía que sí. Pero Sully no había pasado las pruebas tampoco, no se convirtió en miembro de la Orden y el mundo no se había acabado. ¿Así que por qué me importaba tanto?

No necesitaba a la Orden para mi empresa, mi riqueza ni mi posición social. Tenía todo eso por mi cuenta. Entonces ¿por qué carajo continuaba obligándome a pasar por esto?

Y lo peor es que Bellamy tenía razón. Estaba intentando con todas mis fuerzas ser la persona sobresaliente, tal como había hecho toda la vida, hasta un punto que me estaba consumiendo. Bueno, ya no más. No tenía que hacerlo. Y no tenía que quedarme aquí encerrado en una puñetera celda con una mujer a la que nunca le caí bien.

—Emmett —dijo Bellamy con un tono mucho más tranquilo. De hecho, parecía que se le había pasado todo su enfado —. Bueno... ahora tenemos una marca permanente de la Orden y hemos pasado todo este tiempo aquí. Sería una pena que todo eso fuese para nada.

—Sí —dije, asintiendo—. Fue una pérdida de tiempo.

Me detuve y observé su belleza. Incluso con la ropa más simple, el enojo reflejándose en su rostro y su cuello y el cabello despeinado, nunca había visto a una mujer tan hermosa.

—¿Sabes qué es lo triste? De verdad pensaba que entre tú y yo empezaba a haber algo. De verdad vi la posibilidad de que pudiéramos... —Negué con la cabeza, detestando el hecho de estar mostrando todas mis cartas—. Ya no importa. Como dijiste, tu dinero es viejo y el mío es nuevo. Nuestros mundos nunca se encontrarán.

Sin decir más, me volví hacia la puerta y me fui. Podía oír a Bellamy llamándome, pero ya no podía seguir discutiendo el asunto. Estaba harto de complacer a las personas. Estaba harto de intentar demostrar mi valía a los demás. Ya no más.

CAPÍTULO DOCE

Bellamy

ESE EGOÍSTA HIJO DE PUTA. Esa noche en la que salió por la puerta, hace dos semanas, ni siquiera supe si abandonó las pruebas para siempre o si regresaría. Apenas dormía, y su regreso a la mañana siguiente no mejoró las cosas.

¿Se disculpó conmigo? ¿Reconoció que había sido un idiota o intentó arreglar las cosas?

No, no lo hizo. Simplemente se sentó en su escritorio en la esquina y abrió su portátil, totalmente fresco y completamente imperturbable. Apenas me miró, como si fuera él quien tuviese el derecho a estar enojado conmigo.

Bueno, yo no era la reina de las zorras del instituto de gratis. ¿Pensó que podría hacerme la ley del hielo? Ja. Pues yo era la maestra.

Así que las próximas dos semanas fueron bastante frías entre nosotros.

Él no cedía y yo tampoco estaba dispuesta a hacerlo. Así que nos instalamos en una cortesía fría. Y los ancianos aparentemente estaban de vacaciones, porque también había sido un período seco en términos de pruebas.

Y eso a mí me parecía bien. Genial, en realidad. Solo estaba cumpliendo mi tiempo aquí, y cada día que pasaba era un grano más fuera del reloj de arena.

Estaba totalmente bien.

De acuerdo... bueno, tal vez si era honesta conmigo misma...

Estaba a punto de subirme por las paredes. Nunca había estado tan aburrida, ni me había sentido tan claustrofóbica o cachonda o frustrada, tan enojada y furiosa, ni había querido golpear cosas, y hubo muchas veces en mi vida en las que quise golpear cosas.

Principalmente a mi padre después de muerto. Pero decir aquello no era muy bueno una vez que alguien estaba muerto.

Pero no supe lo mucho que nos había arruinado a mamá y a mí hasta entonces, y ni siquiera pude golpear a ese cabrón. Puede que hubiese estado enojada con él por eso más que nada, por vivir de cualquier manera que le placiera y luego huir sin más antes de tener que enfrentar alguna de las consecuencias. Hablando de cobardes.

Eran todos iguales, ¿no?

Entrecerré los ojos para mirar a Emmett, que trabajaba en la esquina como siempre, cuando llamaron a la puerta.

Salté de la cama, aunque solo fuera para hacer algo y le abrí la puerta a la señora H. Estaba pálida y trató de dedicarme una sonrisa agradable mientras me entregaba una caja.

—Buena suerte, querida —dijo y luego se dio la vuelta y salió corriendo por el pasillo.

Bueno, aquello sí que fue de mal augurio. Probablemente me lo estaba imaginando nada más, pero era como si pudiera sentir el escozor residual del tatuaje en mi cadera. Se había curado bien, considerando las cosas, pero todavía estaba enojada por tener su marca permanente en mí. No era como si tuviera dinero para quitármelo con láser.

Incluso si pasaba las pruebas, entendía el valor del dinero ahora y no lo gastaría en cosas frívolas nunca más. Lo usaría para pagar las deudas, y lo que quedara iría a parar en acciones y bonos para que mamá y yo nunca tuviéramos que preocuparnos de que nos echaran de nuestra propia casa nunca más. Solo el banco sabía lo cerca que estábamos de la ejecución hipotecaria por no pagar la hipoteca y los impuestos de la propiedad.

Apreté la caja en mi pecho. Era más grande de lo normal pero no demasiado pesada. ¿Era eso una buena o mala señal?

Razón por la cual tendría éxito en la prueba de esta noche y en cualquiera que nos exigieran después. A pesar de lo que decidiese mi pareja.

Emmett al menos se había alejado de su portátil para mirarme.

—¿Hay algo en la caja?

Quité la tapa y, a pesar de mi decisión de tener éxito sin importar qué, no podía negar que el estómago se me revolvió al ver lo que había dentro.

Saqué la gruesa diadema con unos largos y puntiagudos cuernos adheridos a ella. Me apresuré a mirar a Emmett mientras se ponía de pie. Observé cómo se le movía la nuez de Adán mientras miraba las astas y me miraba a los ojos brevemente.

Pero luego volvió a ser todo negocios y enderezó los hombros.

—Bueno, supongo que esto significa que habrá una cacería esta noche.

No pude evitar el ruido que escapó de mi garganta, algo entre consternación y conmoción. ¿Una cacería? ¿Iban a... a cazarme?

—Tal vez no es lo que parece —dije, pasando un pulgar sobre la cornamenta de aspecto realista—. Podría ser solo un fetiche.

—Claro —dijo, y luego se alejó de mí hacia el armario—. De cualquier manera, será mejor que empieces a prepararte.

—Ah, es verdad. —Me reí de forma ácida—. ¿Como podría olvidarlo? Todo sea por el espectáculo.

Me dirigí hacia el cuarto de baño, pero él me agarró por el antebrazo. Sus ojos se veían sombríos.

—No empieces esta noche.

Zafé mi brazo.

—Puedo jugar si tú puedes. Simplemente no esperes que te llame señor —dije, casi enseñándole los dientes.

Se limitó a sacudir la cabeza hacia mí, con la mandíbula tensa.

—Ve —ordenó y señaló el baño.

Me alejé de él.

—Ya me iba. ¡Y no porque tú me lo hayas dicho! —Dejé que la puerta del baño se cerrara detrás de mí.

A PESAR de lo que dijo Emmett sobre la cacería, pensé que solo había estado tratando de irritarme hasta que los ancianos nos llevaron afuera.

Los últimos de noviembre en Georgia aún se sentían como verano la mayoría de las noches, pero estaba desnuda. Además de las astas, me habían dado unas zapatillas hechas de algo que parecía piel de venado, pero eso era todo. Las astas no eran muy pesadas para mi cabeza; no eran de plástico, sino que estaban hechas de algún otro material ligero, y la diadema estaba ceñida para mantenerlos fijos. Pero no dejaban de ser incómodos, y no tenía idea de cómo diablos se suponía que debía correr con ellos.

El viento sopló cuando seguí al anciano por las escaleras de la parte frontal de la mansión. Emmett y el resto de los Ancianos venían detrás de mí. Me estremecí de mala gana al mirar hacia arriba y hacia todos lados. Había media luna, pero mis ojos no se habían ajustado después de las luces brillantes de la mansión para poder distinguir mucho más que el camino de la calzada y la borrosa silueta del campo que conducía hacia el lago y el bosque más allá.

Quería era abrazarme fuerte, pero eso sería como ceder de alguna manera. Cualquier muestra de debilidad frente al grupo que estaba detrás de mí parecía una mala idea. Ya había anticipación en el aire.

Anticipación para la caza.

Podía sentir rocas sueltas debajo de mis pies, y mi mandíbula se tensó. Las zapatillas eran una broma. No iban servir para los palos y las zarzas del bosque.

Una vez que todos bajamos las escaleras y llegamos al camino de entrada, el anciano líder golpeó los adoquines con su bastón.

—Bienvenidos a la Cacería del Ciervo Plateado —bramó —. Y qué ciervo más exquisito tenemos que perseguir esta noche. Tiene un flanco bastante delicioso.

Estiró una mano para acariciarme el culo y lo estrujó tan fuerte que chillé y salté hacia adelante, haciéndolo reír a él y a otros en la multitud.

El anciano golpeó su bastón de nuevo hasta que todos se callaron.

—Se aplican las reglas de caza estándar. Si nuestra cervatilla puede evadir la captura hasta la mañana, queda libre. De lo contrario, una vez capturada... —El anciano sonrió, mirándome directamente a los ojos—. Entonces todos los cazadores que lo deseen compartirán el botín.

Tropecé hacia atrás unos pasos.

—Yo, por mi parte —dijo, siguiéndome con los ojos con lascivia—, tengo un hambre de un delicioso culito de ciervo que he querido saciar desde hace tiempo.

Temblé bajo su mirada oscura. Cielos. Este hombre había sido uno de los amigos de mi padre. Miré por encima de su hombro hacia donde estaba Emmett, pero su rostro lucía inexpresivo mientras miraba al suelo.

Bueno. No iba a defenderme frente a estos hombres cuyo respeto anhelaba tanto.

¿Y yo? No tenía elección.

No tenía más remedio que enfrentar lo que la noche me tenía reservada.

—Así que será mejor que empieces a correr, cervatilla —terminó de decir el anciano en un susurro, estirando la mano y acariciándome la mejilla. Me eché hacia atrás y me las arreglé para no escupirle la cara. Estos hombres todavía tenían mi futuro en sus manos. Tenía que seguirles el juego.

—¿Cuánto tiempo de ventaja inicial tengo?

Me las arreglé para recomponerme lo suficiente para hacer aquella pregunta.

—Cada vez menos si te quedas aquí haciendo preguntas estúpidas —respondió.

Entonces me di la vuelta y eché a correr hacia la oscuridad.

CAPÍTULO TRECE

BELLAMY

CRECÍ YENDO AL COTILLÓN, tomando lecciones de etiqueta y aprendiendo a halagar y charlar. Y sabía cómo realizar una reverencia excelente, por Dios.

Pero correr por el bosque prácticamente descalza mientras cazadores cualificados me perseguían... Sí, no estaba en los primeros puestos en la lista de habilidades que había dominado en mi corta vida.

Yo era lo que llamaban una chica «de interiores». Cuando iba de excursión de joven, siempre me quedaba en *campings* de lujo. Mi madre se negaba a ir a algún sitio que no tuviese agua potable y electricidad para su rizador.

Así que corrí lejos del lago porque se veía que el césped había sido podado en esa dirección, y sería fácil encontrarme en un espacio tan abierto. Aquello me llevó de regreso a la mansión, donde terminé pasando al lado de un cementerio. ¡Un cementerio! Como si la noche ya no me hubiese espantado lo suficiente, o el pensar que cuando inevitablemente me capturasen, un séquito de hombres me follaría. Ni siquiera eran desconocidos, ¡sino hombres que conocía de toda la vida!

Nunca había sido una velocista, pero aquel pensamiento me estimuló. Corrí junto al cementerio y entré en el bosque.

Pero justo como me lo imaginaba, las estúpidas zapatillas no eran rivales para el terreno irregular. Además, las astas seguían enredándose con las ramas. Con una mano las sujetaba y con la otra me agarrab el tobillo, que intentaba sujetar la zapatilla mientras corría por el bosque.

Mis ojos estaban ajustándose a la luz limitada, pero cielos, probablemente estarían tras de mí en este instante, y todo se acabaría tan pronto como había empezado si seguía a este ritmo.

Miré alrededor del bosque desconocido. ¿Tal vez podría trepar un árbol e intentar esperar que se acabase la noche? Pero todos los árboles que me rodeaban eran pinos y las ramas no empezaban sino hasta los dos metros de altura. Se me hundió el estómago y sentí que iba a llorar.

Pero había aprendido hace tiempo que tenderme a llorar no lograba nada. Esa era la solución de mi madre: meses sin fin encerrada en su habitación, marchitándose y sin comer a menos que la obligase. Era la mirada vacía de una mujer que se había rendido.

Cuando llegué a casa aquel día después del colegio y la encontré inconsciente e inerte en el suelo, con pastillas desperdigadas a su alrededor...

Tensé la mandíbula.

Nunca. Nunca me daría por vencida.

Así que me olvidé de tratar de aferrarme a las estúpidas zapatillas y solo corrí. Corrí por el bosque a pesar de que las piedras y ramas me cortaban las delicadas plantas de los pies. Las zapatillas las había perdido hacía bastante rato.

Me obligué a no pensar en el dolor y aparté ramas del camino. Seguí adelante sentía pesar de sentir que ya no podía más.

Y cuando escuché ruidos a mis espaldas, el coro de voces y un silbido agudo, corrí con más fuerza.

Estaban alcanzándome.

No podía seguir así. Ellos tenían zapatos reales. Miré a todos lados y, en la distancia, algo brilló. Maldición, era el lago.

Pero por el ruido que venía detrás de mí, tuve que asumir que la mayoría estaba en el bosque. Obviamente sabían que era aquí donde me encontraba.

Y bueno, ¿qué tenía que perder?

Así que me encaminé al brillo. Salir del bosque fue un alivio, a pesar de que sentía el doble de libertad por la claustrofobia del bosque y también ansiedad por estar a la intemperie.

Por lo menos, desde aquí, el lago no parecía estar muy lejos. No estaría expuesta por mucho tiempo. Miré rápidamente hacia atrás y noté que nadie me seguía aún. Me arrodillé, repté los últimos metros que quedaban hasta el lago y me metí en el agua fría.

Estaba acalorada por mi carrera ininterrumpida, así que colarme por el agua lodosa en la orilla del lago se sintió bien y escandalosamente frío al mismo tiempo. Pestañeé para apartar la sensación, pero no me salí del agua.

De repente, la plataforma debajo de mis pies cedió. Había planeado... no sé..., vadear y quedarme apoyada de manos y rodillas donde pudiese tocar el fondo. No había sido un gran plan, para empezar, pero...

Pero mientras me agitaba en el agua, el sigilo ya no me importó más. No podía tocar el fondo. Mierda, ¡no podía tocar el fondo!

Tragué más agua, tosí y terminé tragando más. Mierda, mierda, ¿dónde estaba el fondo? Extendí las piernas y tanteé, pero todo lo que sentía eran cañas y otras plantas de lago. Mientras más pateaba, más me enredaba en ellas.

Salpiqué y me sumergí debajo de la superficie mientras mi cabello y las endemoniadas astas me arrastraban hacia abajo. Grité bajo el agua, pero más líquido se me metía en la garganta. ¿Por qué demonios nunca había aprendido a nadar? ¿Por qué pensé que venir al lago era una buena idea si no sabía...?

¿Qué coño estaba pensando? ¡Iba a morir! Iba a morir por un estúpido y retorcido juego de mierda.

Aterrorizada, salpiqué para asomarme a la superficie y apenas logré respirar un poco antes de volver a hundirme hasta lo más profundo.

Bueno, por fin lo había logrado.

Mi padre iba a terminar matándonos a todos al final, ¿verdad?

CAPÍTULO CATORCE

EMMETT

NO PODÍA CORRER TAN rápido como quería.

Por más que les dijese a mis piernas que se apurasen, no podía hacer más que ver la cabeza de Bellamy hundiéndose bajo el agua.

Iba a morir si no llegaba a tiempo. Podía verlo ocurrir desde la distancia, y me preocupaba estar demasiado lejos para alcanzarla a tiempo. Pero cuando me zambullí en el lago y encontré su cuerpo bajo el agua, me alivió ver que seguía batallando con las cañas que la sujetaban en lo hondo.

Estaba viva. Estaba luchando.

Arrancándola de las garras del lago, nadé para llevarnos a la superficie y luego a la orilla. Ambos terminamos jadeando para respirar tan pronto como llegamos a la seguridad de la orilla.

Cogí su rostro con las manos para poder verla a los ojos.

—¿Estás bien? —Aparté los húmedos mechones de pelo de su rostro para asegurarme de que no se hubiese dado un golpe en la cabeza ni cortado por estar atrapada bajo el agua.

Empezó a llorar, pero asintió.

—Pensé que iba a morir. De no haber sido por ti, yo...

—Shhh —la consolé mientras la atraía a mis brazos—. Ahora estás a salvo. —Su cuerpo se estremeció con el mío—. Pero ahora hay que llevarte dentro y hacerte entrar en calor.

Estaba completamente desnuda y había perdido las astas en el lago, y no tenía nada cálido que ofrecerle, pues estaba tan mojado como ella.

—Nunca había sentido tanto miedo —lloró, aferrándose a mi cuerpo.

—Lo sé. —Besé la parte superior de su cabeza y le acaricié la espalda mientras temblaba en mis brazos—. Pero ya ha terminado, y voy a mantenerte a salvo.

—Aún tengo que esconderme. La caza...

—La caza ha terminado —espeté—. Esto se salió de control cuando estuviste cerca de perder la vida.

—Bueno, bueno —una voz dijo desde mis espaldas—. Parece que has encontrado a nuestra cervatilla.

Me volví para ver a los ancianos de pie detrás de mí con sonrisas victoriosas en sus rostros arrugados y retorcidos.

—Casi se ahoga —dije mientras levantaba a Bellamy y luego me puse en pie. Estábamos empapados y llenos de lodo, y se me había acabado la paciencia—. Consideren esta prueba finalizada.

—Las reglas son simples —dijo un anciano—. Si la cazamos antes del despunte, entonces la podemos compartir entre nosotros.

—No la cazaron —respondí con la mandíbula tensa—. La rescaté yo. Si no la hubiese sacado a tiempo, tendrían en sus manos un cadáver del que se tendrían que ocupar hoy.

Aunque en el momento en que solté las palabras, me di cuenta de que Bellamy probablemente no hubiese sido el primer muerto con el que tendrían que lidiar en la Orden. Con lo peligrosas que eran estas pruebas, era imposible que ninguna muerte hubiese ocurrido. Sin embargo, los ancianos tenían el poder y los recursos para ocuparse de la situación si sucedía.

—Se deben seguir las reglas —dijo otro anciano mientras observaba el cuerpo de Bellamy de cabeza a pies—. ¿Quién quiere probarla primero?

Sentí su cuerpo tensarse junto al mío, pero permaneció en silencio, aun recuperando el aliento mientras jadeaba por aire.

—La llevaré adentro para que entre en calor antes de que tenga hipotermia. —Me di la vuelta con ella a mi lado, con mi brazo firmemente a su alrededor, y no me detuve para oírlo refutar.

—Emmett...

—Esta conversación ha terminado —dije de espaldas a ellos, alejándome—. Bellamy y yo hemos completado cada prueba sin problemas. No es nuestra culpa que esta prueba no se haya llevado a cabo correctamente. Han puesto su vida en riesgo, y en lugar de armarle un escándalo a la Orden por su descuido, elijo llevar a mi bella adentro.

Dudaba seriamente que lo que hice hiciera que perdiéramos la iniciación, pero si ese llegaba a ser el caso, que así fuese. Una mujer casi muere esta noche, y lo último que iba a permitir era que la agredieran sexualmente para colmo.

Y la verdad era que... me enfermaba imaginarme a otro hombre tocándola.

No... ella era mía. Incluso si era temporal mientras estábamos aquí, e incluso si apenas nos habíamos mirado durante las últimas semanas... ella seguía siendo mía, y nunca iba a permitir que le pasara nada.

—Gracias —dijo finalmente cuando entramos en nuestra habitación.

—Corrí tan rápido como pude...

—No solo por salvarme la vida —interrumpió—, sino por

defenderme. Nunca me habían defendido. Me hubiesen violado si no hubieras intervenido.

—Nunca dejaría que eso sucediera. Jamás. Nadie te va a tocar excepto yo.

Cogí una manta, pero luego me di cuenta de que una ducha caliente sería mejor, teniendo en cuenta que estaba helada hasta los huesos y cubierta de lodo. Sin decir una palabra, la llevé al baño y abrí el grifo. Mientras el agua se calentaba, me quité la ropa empapada y sucia. Sabía que yo también tenía que entrar en calor.

—Vamos —dije, alcanzando su mano mientras probaba la temperatura de la ducha—. Vamos a quitarnos del cuerpo esta horrible noche.

Hizo una pausa por un momento. Su cuerpo tembloroso parecía tan pequeño y frágil como si estuviera decidiendo si quería estar en una situación tan íntima conmigo. Pero antes de tener que insistir, me cogió de la mano y me permitió meterla debajo del agua que corría.

Ambos permanecimos de pie, cuerpo a cuerpo, bajo el calor mientras la mugre del lago y la orilla salía de nuestra piel. El labio de Bellamy tembló y pude ver lágrimas en sus ojos.

Abrazándola, le dije:

—Está bien llorar si sientes que lo necesitas. Has pasado por un evento extremadamente traumático.

Ella negó con la cabeza mientras el agua caliente salpicaba a nuestro alrededor.

—Me niego a dejar que me quiebren. Me niego a ser una de sus malditas bellas rotas. No soy débil.

Cogiéndola con más fuerza, respondí:

—Tú no eres para nada débil. Eres una de las mujeres más fuertes que conozco. Pero, ahora mismo, en este mismo segundo, lejos de los ojos juzgadores de los ancianos, puedes bajar ese escudo. Está bien no ser...

—Estoy bien —dijo mientras su voz se quebraba—. Yo...

Apoyó su frente en mi pecho y comenzó a sollozar.

—Está bien —la tranquilicé, sabiendo que tenía que sacarlo todo. No podía imaginarme lo asustada que debió haber estado, y a medida que la adrenalina en su cuerpo disminuyese, estaba bastante seguro de que la realidad de hoy le caería como un puñetazo en el estómago por lo cerca que estuvo de morir.

—No sé en qué momento mi vida se jodió tanto —murmuró pegada a mi piel mojada entre sollozos.

—Tienes una buena vida. Solo recuerda...

—No —interrumpió ella—. Mi vida es un desastre. Siempre lo ha sido.

Sabía que estaba molesta y que tenía todo el derecho de expresar sus emociones. En lugar de restar importancia a sus sentimientos y creencias, cogí el champú y comencé a hacer espuma en su cabello. Ella se tensó al principio, pero luego se derritió en mis brazos cuando hice que cada señal de esta noche se fuese por el desagüe.

—¿Crees que los ancianos nos reprobarán? ¿Crees que nos pedirán que nos vayamos? —preguntó Bellamy finalmente mientras sus lágrimas se calmaban y su cuerpo dejaba de temblar.

Terminé de enjuagar el acondicionador en su cabello y cogí el gel de baño para frotarle la piel, ahora que parecía aceptar más que la tocase.

—No. Creo que saben que hemos hecho un buen trabajo hasta ahora. Mi padre es un miembro respetado por los ancianos, y también tengo algo de poder debido a eso. Además, es imposible que otros iniciados no se hayan resistido a pruebas antes. Yo diría que nos deben algo de gracia. E incluso si nos echan, ninguno de los dos necesita esto. Somos lo suficientemente afortunados de tener el control de nuestros propios destinos.

Bellamy se tensó y se alejó del chorro de agua. No estaba seguro de si era el tema de los ancianos o el hecho de que acababa de acariciar su cuerpo con jabón, pero tuve la sensación de que ya había tenido suficiente de nuestra ducha.

Cerré el agua, cogí dos toallas y le entregué una.

—Encenderé un fuego y nos acostaremos en la cama a calentarnos.

Ella no dijo nada más. Se veía melancólica pero tranquila. Al menos ya no lloraba y estaba cálida en la seguridad de nuestra habitación.

Cuando entramos en el dormitorio, nos estaban esperando una tetera y tazas de té. La señora H debe haberse enterado de lo que pasó y quiso ofrecernos algo de su consuelo y apoyo. Le serví una taza a Bellamy mientras se vestía rápidamente. Me puse mis pantalones de chándal y luego me dirigí a la chimenea para calentar más nuestra habitación.

—No quiero pelear más mientras estemos aquí —dijo suavemente detrás de mí.

Apilando leña dentro de la chimenea, asentí.

—Yo tampoco quiero. Todo se puso feo, y me disculpo por eso. Dije cosas bastante crueles que no te merecías.

—Ambos dijimos cosas que no debimos haber dicho.

—Y tenías razón —confesé mientras el fuego se encendía. Regresé a la cama y me acosté a su lado—. Soy un perfeccionista. Me importa lo que la gente piense. Soy una persona que quiere lograr todo hasta el punto de que a veces se vuelve una obsesión enfermiza. Y sé que te estaba llevando a esa adicción mía. Por eso, también lo siento.

—He tenido que ser perfecta toda mi vida —dijo mientras

bebía lo último de su té y dejaba su taza a un lado—. Así que lo entiendo.

—Pero no debería haber sido una de esas personas en tu vida. No debería haber esperado que fueras otra cosa que la Bellamy que yo... que me importa. Eres perfecta. No tienes ni que intentarlo.

No pretendía que mi confesión se me saliera tan fácilmente de la lengua, pero ahora que admitía la verdad, no había vuelta atrás.

Bellamy estudió mi rostro por varios momentos y luego dijo:

—Conmigo no tienes que ser alguien que no eres, Emmett. Me gusta el hombre que eres, tal como eres.

Alcanzó la taza de té vacía en la mesita de noche y me sirvió un poco. Al entregármela, me preguntó:

—¿Hacemos una tregua? No más batallas entre nosotros. Luchemos contra nuestros enemigos juntos a partir de ahora.

Tomando un sorbo del té, vi el fuego lamer la madera de una manera fascinante.

—Tregua. Ya casi terminamos las pruebas. Creo que acabar como un equipo es sabio. Hemos pasado por un infierno para llegar tan lejos, y estamos cerca de que todo termine. —Dejé la taza y me volví para mirarla.

Consideré besarla. Dios, quería besarla.

Pero no quería presionarla demasiado. Había pasado por muchas cosas hoy y no quería torcer la noche para que se enfocase en mí y mis necesidades. Lo importante ahora era Bellamy y que se sintiera segura de nuevo, al menos conmigo. Quería que se sintiera segura conmigo.

—No ha sido todo un infierno —dijo con un gran bostezo—. Me alegro de haber conocido al verdadero Emmett, no al chico del instituto ni al hombre rico de negocios que solo veo en los eventos sociales. Me contenta haberte conocido finalmente.

—Me alegro de haberte elegido, Bellamy. No creo haberte dicho eso antes, y sé que definitivamente no siempre lo he demostrado. Pero estoy muy feliz de haberte escogido a ti.

Ella sonrió cálidamente y se acurrucó en su almohada, subiéndose las mantas hasta la barbilla. Bostezó de nuevo mientras sus ojos se volvían pesados.

—Buenas noches, Emmett. También me alegra que me hayas elegido a mí.

CAPÍTULO QUINCE

BELLAMY

A LA MAÑANA SIGUIENTE, me dolían todas las extremidades y tenía la mente nublada como si hubiera estado de fiesta ayer por la noche.

—Buenos días, dormilona —dijo Emmett cuando me di la vuelta y me froté los ojos. Estaba a mi lado con su portátil, sonriéndome.

Mi corazón hizo un extraño revoloteo al verle allí y no en su escritorio. Miré a mi alrededor, todavía entrecerrando los ojos.

—¿Qué hora es?

—Casi las diez.

Me incorporé hasta quedar sentada, apartándome el pelo de la cara.

—Cielos, no puedo creer que haya dormido tanto.

Cerró su portátil.

—Te hacía falta. Le dije a la señora H que nos guardase el desayuno.

—Ah. —Parpadeé, levantando una de mis piernas hacia mi pecho y rodeándola con mis brazos—. Gracias.

—¿Tienes hambre?

Lo pensé por un segundo y luego asentí vigorosamente. Ahora que lo pensaba, me estaba muriendo de hambre.

—Estupendo. —Se levantó—. Le avisaré que vamos mientras te vistes.

Asentí, todavía un poco aturdida por su solicitud después de nuestras dos semanas de guerra fría. Desapareció de la habitación y yo me apresuré al baño.

Diez minutos más tarde estábamos sentados en el rincón del desayuno que daba a los jardines y la señora H nos servía bollos y crema Devonshire.

—Los huevos y el tocino estarán listos en breve —dijo, y Emmett asintió.

—Gracias. —Cogí un bollo con timidez, algo muy poco propio de mí.

Después de que la señora H volviera a salir, miré por encima de la mesa a Emmett. Se veía prolijo y arreglado, como siempre. Llevaba una camisa de botones y pantalones ajustados. Parecían Armani.

Yo me había puesto una camiseta y mallas. Alcancé un bollo y lo deshice en mi plato.

—Entonces, esto... No estoy segura si lo dije anoche, ya que todo se siente borroso. —Lo miré a los ojos—. Pero gracias. Gracias. Lo digo en serio. Es, bueno... —Bajé los ojos a mi plato y me aclaré la garganta—. Significó mucho para mí que me defendieras de esa manera. Y que me salvaras la vida también, obviamente.

Las mejillas me ardían cuando volví a mirarlo.

—Vale la pena defenderte.

Maldita sea. Iba a hacerme llorar.

Pero no parecía avergonzado ni incómodo. Tomé varios tragos largos de mi zumo de naranja para camuflar que estaba recobrando el control de mis emociones. Cielos, ¿qué pasó?

¿Tuve una experiencia cercana a la muerte y ahora era una llorica debilucha? ¿Era eso?

Negué con la cabeza y me enderecé.

—De todos modos, simplemente lo aprecio. Así que gracias.

Me sonrió y, por una vez, me permití mirarlo.

—Eres tan diferente de lo que pensé que serías.

Puso los ojos en blanco y la mandíbula se le tensó un poco.

—¿Así que por fin te he convencido de que no soy un hombre que se postra y está ávido de la aprobación de todos los demás después de todo?

Exhalé.

—Vale, me lo merecía.

Pero sacudió la cabeza rápidamente.

—Lo lamento. Anoche lo arreglamos. No soy de los que guardan rencor.

Ante eso me reí a carcajadas.

—¿No lo eres? Está bien, respeto el buen rencor.

Las comisuras de sus labios se levantaron.

—Puede que yo también te haya juzgado demasiado rápido estos años.

—Entonces cuéntame quién eres ahora. Conocí a Emmett el dominante. Pero no a Emmett el hombre. ¿Qué haces en tu tiempo libre? —Me metí un gran bocado del bollo mientras él se encogía de hombros.

—¿Qué hay que contar? Trabajo con mi padre dirigiendo una empresa multinacional de energías renovables.

—Y te encanta, ¿verdad? Siempre te interesaron las matemáticas y las ciencias cuando éramos más jóvenes, si no mal recuerdo.

Frunció un poco el ceño.

—¿Te dabas cuenta de lo que me gustaba en ese entonces?

Puse los ojos en blanco.

—Bueno, siempre llevabas ese cubo de Rubik contigo. E hiciste concursos de matemáticas o algo así, ¿verdad?

Admitió con arrepentimiento:

—Fui finalista de los mateatletas estatales en mis últimos tres años del instituto.

Me reí en voz alta.

—Exactamente.

—¿Qué puedo decir? —Volteó los ojos—. Sabía impresionar a las chicas.

—Las chicas de instituto son idiotas. Incluyéndome a mí. —Lo miré a los ojos mientras lo decía y esperé que pudiera entender lo que no estaba diciendo.

Sabía que me había portado como una perra con él en aquel entonces, y ni siquiera tenía nada que ver con él. No era el único que se obsesionaba por las apariencias. Hubo un tiempo en el que estuve tan desesperada por mantener mi fachada que ser considerada una perra era infinitamente preferible a la lástima y el desprecio que podría haber enfrentado si alguien sabía la verdad. Era el único mecanismo de defensa de una adolescente asustada.

Abrí la boca para tratar de explicarle algo de esto, pero ya estaba hablando.

—Sí, bueno, ya no es un problema. Ahora tengo el problema opuesto.

Fruncí el ceño.

—¿Qué quieres decir?

Dio un largo suspiro de sufrimiento.

—Conoces a las madres de Darlington. ¿Sabes a cuántas meriendas de los domingos he asistido que resultan ser encerronas obvias y desesperadas para buscarles pareja a sus hijas cazafortunas? No pasa solo aquí. En Atlanta, las mujeres oyen mi apellido y solo ven símbolos de dólar. —Torció la boca—. Es despreciable.

Asentí. Sentí que las mejillas se me calentaban de nuevo mientras me llenaba la boca con más bollo.

—Qué mal debe ser.

Asintió mirando a lo lejos hacia la ventana.

—Mi madre conoció a mi padre antes de que tuviese dinero, cuando él no era más que un graduado de la MIT que se esforzaba por pagar sus préstamos estudiantiles. Es una de las cosas de las que siempre he estado celoso. Él sabe que ella lo ama por lo que es, ¿sabes? —Emmett me miró y asentí con la boca todavía llena.

—Eso es tan raro en el mundo en el que vivimos. Toda esta gente aquí... —Hizo un gesto a nuestro alrededor, y supe que se refería a la opulencia en la que nos encontrábamos—. Es todo tan falso. Solo se usan como si fuera una transacción.

Tragué el bollo, luego tomé del zumo de nuevo. Después de tomar otro largo sorbo, volví a mirarlo.

—Ni siquiera puedo imaginar el tipo de relación que tienen tu madre y tu padre. Es completamente diferente a la forma en que crecí con mis padres. Quiero decir, me gusta pensar que en algún momento al menos se gustaron... —Mi voz se entrecortó y negué con la cabeza—. Pero al final... bueno, viajaba tanto por negocios que casi nunca lo veía.

—Lo lamento. Y lamento tu pérdida. Murió hace unos años, ¿verdad?

Negué con la cabeza, rechazando su simpatía.

—Está bien. No era muy buen hombre. —Decir eso era la subestimación del siglo—. De todos modos, me prepararon para que fuera como mi madre. Ser la debutante perfecta para poder capturar al hombre perfecto. La cultura aquí es muy retorcida.

—Entonces, ¿es por eso que haces esto? —preguntó, y por

la forma en que frunció el ceño, supe que tenía mucha curiosidad—. ¿Para enseñarle el dedo medio a esa forma de vida o qué?

—Algo así —dije, mirando mi plato. Porque a pesar de lo honestos que estábamos siendo, el orgullo era algo difícil de tragar.

El hombre sentado frente a mí era multimillonario. ¿Y me iba a poner a admitir que no tenía nada? ¿Menos que nada? Ni siquiera tenía un título universitario.

Y no había olvidado el disgusto en su rostro cuando habló hace un minuto sobre las cazafortunas. Me respetaba porque pensaba que estaba aquí por una especie de broma rebelde. Pensaba que éramos iguales.

—¿Seguirás siendo misteriosa? —preguntó, y reconocí la frustración en su voz. Pero todo lo que pude hacer fue levantar mi bollo, sonreír tímidamente y encogerme de hombros mientras, por dentro, otra parte de mí se desmoronaba.

ESE FUE un punto de inflexión. No diría que volvimos a ser como antes. No, no volvimos a ser el dominante y la sumisa durante todo el día. Pero después de que terminaba su trabajo, o durante los almuerzos prolongados... jugábamos.

El mes siguiente fue mucho menos doloroso de lo que hubiera esperado. Hubo algunas pruebas, pero..., y no sé si los ancianos habían decidido tomárselo con calma después de la última prueba desastrosa o algo así, lo cual no parecía muy propio de ellos, pero no me quejaba porque no fueron tan malas.

Bajar las escaleras para algunas orgías públicas realmente no me molestaba. Especialmente cuando parecían excitar a

Emmett. Mientras no se esperaba que me compartiera, su yo dominante parecía disfrutar de la naturaleza voyerista de enseñar hasta dónde podía presionarme y hacerme rogar.

Y cuando las cosas iban así de bien entre nosotros, cielos..., eran excelentes.

Durante nuestro primer mes y medio, nunca sabía si Emmett quería pausar el trabajo para comer, pero desde la cacería, siempre sacaba tiempo para ello. Especialmente el desayuno. A veces pasábamos un par de horas en el rincón del desayuno charlando y leyéndonos partes del periódico, haciendo crucigramas juntos y riéndonos de las historietas tontas. Siempre era bueno con los crucigramas, los cuales seguro podía hacer con los ojos cerrados, pero me dejaba descifrar las pistas antes de sugerir una respuesta que proba- blemente ya sabía.

Antes de conocer a Emmett, jamás pensé que un hombre podía ser tan dulce y también ser el amante más rudo, sensual y dominante que había conocido.

Como lo de esta mañana, por ejemplo.

Tenía sueño. Una cosa que me gustaba de estar aquí era dormir hasta tarde. Mamá nunca me dejaba quedarme durmiendo hasta tarde, a pesar de que era una mujer adulta. Golpeaba mi puerta a horas intempestivas de la mañana, lamentándose de que ya ni siquiera teníamos una mujer que nos cocinara los huevos y que ahora nos moríamos de hambre. Y seguía así hasta que salía de la cama, bajaba las escaleras para preparar el café y una especie de desayuno con lo que quedaba en la despensa.

Pero tenía que aceptar que despertarme con los besos más suaves en la nuca era un despertador que no me molestaba.

Afuera estaba todo claro, así que Emmett me había dado tiempo para dormir, aunque sabía que le gustaba empezar su día temprano.

Sonreí mientras movía mi trasero contra él y, ¡ah! Sonreí aún más. Sí, alguien estaba muy despierto.

Pero cuando traté de darme la vuelta para abrazarlo, me agarró las muñecas y me empujó hacia adelante de nuevo, con el pecho pegado a mi espalda. Sus brazos me rodearon, sus manos en mis muñecas mientras ambos brazos me encerraban, cerca de mis pechos, hasta que estuve rodeada por todos lados por él.

Sentí la cabeza de su pene entre mis piernas y me abrí a él. Mi respiración sonaba entrecortada. Incluso después de meses, sentir su miembro todavía me afectaba. No había forma de cansarse de este hombre. No podía imaginarme que esto alguna vez dejase de ser novedad.

Me apretó las muñecas mientras cogía impulso con las caderas, clavándose en mi sexo con una gran embestida.

—Te ves tan hermosa cuando te sometes a mí completamente de esta manera —dijo, apretándome más fuerte hacia él mientras salía de mi interior y me volvía a penetrar—. Me dan ganas de follarte como un maníaco y llevarte a ese estado que sé que te encanta, en el que no puedes pensar en nada y estás completamente llena de placer.

Solo pude gruñir un desesperado «por favor».

Todavía era temprano y estaba medio aturdida por el sueño, pero al despertarme con esto, con mi dominante amo queriendo llevarme a la cima de la montaña mientras tocaba mi sensible cuerpo como un profesional..., oh Dios, sí, por favor, quería ir al paseo.

Podía sentir su sonrisa detrás de mí por la forma en que se me erizó el vello de la nuca. Y luego su voz fue un cálido aliento en mi oído mientras seguíamos acostados de lado.

—Tus deseos son órdenes.

Me folló rápidamente varias veces más y luego lento, de modo que ambos escuchamos el sonido de su pene chocar con los pliegues resbaladizos de mi feminidad. Era algo obsceno. Más líquido salió de mí mientras nos oía y sentía cada centímetro de su miembro saliendo de mí con mucha lentitud. La gruesa cresta de su pene tocaba cada deliciosa parte de mi sexo a la vez.

Me soltó la muñeca y se inclinó hacia mi muslo, levantándolo y doblando mi rodilla para que estuviera aún más expuesta a su pene que desaparecía dentro de mí.

Me miró a los ojos mientras lo veía por encima del hombro. Cuando nuestros ojos se conectaron, sonrió.

—Solo recuerda que pediste esto, princesa.

Cuando volvió a salir, se posicionó y luego comenzó a penetrarme de nuevo, pero esta vez en un agujero diferente.

Jadeé y me tensé por la sorpresa.

—Relájate —dijo, besando y mordiendo suavemente mi nuca—. Tienes sitio para mí. Ambos sabemos que sí. Relájate y déjame entrar. Sométete y déjame tomar el control.

Someterme. Por un segundo apreté más fuerte, pero luego me relajé a medida que él continuaba hablando y me dejé perder en el exquisito timbre bajo de su voz. Cuanto más me relajaba, más terreno ocupaba él, penetrándome, reclamándome.

Y cuando cedí, vino la ligereza. Cuando me llenó por detrás, algo viajó a través de toda mi ingle, fue directamente a mi clítoris, y mi cuerpo cantó mientras apretaba las piernas y temblaba, apretando el pene de Emmett con mi ano.

—Joder, sí, eso. Dámelo todo. Ordéñame. Rompe mi pene, princesa. Joder, estás tan cerrada. Apenas puedo moverme, eres tan ardiente y estás tan apretada. Eres lo más sensual que haya...

Me soltó el muslo, pero solo para poner la mano en mi sexo empapado. Primero pasó más de mi humedad hacia su pene mientras continuaba penetrándome.

Y luego esos dedos se movieron como si no pudieran evitarlo. A pesar de que sabía que cada movimiento que Emmett hacía estaba calculado, y esto probablemente solo era más de su tortura, amaba estas caricias suaves y escudriñadoras mientras me exploraba primero con un grueso y gordo dedo y luego, finalmente, con dos.

Pero no fue hasta que dejó caer su palma con fuerza en mi clítoris con tres dedos dentro de mí que empecé a estallar como fuegos artificiales.

Me retorcí, grité y me conecté con la mano de Emmett mientras me follaba el ano. Tenía tantos sentidos siendo estimulados a la vez.

El orgasmo que sentí fue como si me saliera del coxis. Casi dolió por la intensidad. Y fue la felicidad más plena. Pero Emmett no estaba dispuesto a dejarme ir tan fácil.

Me hizo llegar a otro orgasmo, follando mi ano en carne viva, abriéndome y profanándome, explotando mi sexo con su mano, y luego hundiendo su dedo medio profundamente y dando vueltas con la punta enganchada en ese lugar que yo... que yo...

Creo que grité cuando la cegadora luz blanca me encegueció. Respiré. Tal vez respiré. ¿A quién le importaba? Esto era el nirvana, y yo iba a montar esta ola, iba montar a mi hombre mientras los dos nos follábamos como los animales que éramos. Dios, no me cansaba de follarlo. Oh Dios, era tan bueno. ¡Oh Dios!

PUES SÍ. Eso fue esta mañana. Y ahora era esta noche. Pero cielos... las piernas todavía me temblaban de solo recordarlo. Eso fue antes de que llegara la caja en el desayuno. Estaba segura de que Emmett no me habría follado ni la mitad de bien ni me habría dejado tener tantos orgasmos de haberlo sabido, así que me sentía bastante satisfecha.

Bastaba con decir que, cuando Emmett y yo no peleábamos, lo hacíamos muy, muy bien.

En la caja de hoy había ropa para mí, por una vez. Bueno, una bata de seda ceñida hasta los muslos, como mínimo. Todavía era más de lo que normalmente me enviaban. Aunque, considerando cómo solían ser las cosas, dudaba que fuese a llevarlo puesto por mucho tiempo.

Emmett estaba tenso cuando nos preparábamos para bajar las escaleras.

—¿Qué te pasa? —pregunté de camino hacia la puerta.

Se encogió de hombros.

—Las cosas han ido bien desde hace un tiempo. Me pone nervioso.

Pasé un dedo por el centro de su camisa, a lo largo de sus botones prolijamente cerrados.

—No seas tan serio.

Sus ojos se veían sombríos cuando atrapó mi muñeca con firmeza.

Sonreí más ampliamente.

—¿Ves? Estás de humor para jugar, después de todo.

Él negó con la cabeza, me soltó la muñeca y me dio un sonoro golpe en el culo que sentí mucho después de que salimos de la habitación y comenzamos a bajar las escaleras.

Abajo, las cosas no parecían demasiado fuera de lo común. No era la única chica presente, lo que siempre me hacía sentir mejor. Las mujeres estaban tendidas sobre los ancianos aquí y allá entre la multitud.

Pero cuando nos dijeron que nos sentáramos en dos sillas una frente a la otra, comencé a ponerme nerviosa. Se parecía a la noche en que nos tatuamos, y si intentaban hacer esa mierda otra vez...

Emmett me dio un apretón en el antebrazo antes de que nos forzaran a separarnos, y luego nos dirigimos a los grandes sillones instalados en el centro de la sala, uno frente al otro.

Una vez que estuvimos sentados, el resto de la multitud nos rodeó y los ancianos comenzaron a hacer sonar esos malditos bastones suyos.

Emmett se sentó muy erguido, con el rostro impasible mientras esperaba escuchar lo que se esperaba de nosotros y yo traté de hacer lo mismo. Sabía que para él era importante poner una buena cara frente a los ancianos, y ahora que sabía que los enfrentaría por mí, había hecho todo lo posible para que se sintiera orgulloso de mí. Me importaba una mierda lo que los ancianos pensaran de mí siempre y cuando me aprobasen. Pero intentaría hacer más por Emmett. Así que me enderecé también y traté de ser una bella perfecta.

—Bienvenidos al juego verdad o reto de esta noche —dijo el anciano—. ¡Veamos si nuestro iniciado y su bella sienten inquietud bajo la luz de la inquisición!

Los bastones resonaron y los vítores se escucharon por todas partes.

¿Verdad o reto? ¿Hablaban en serio? Miré rápidamente a Emmett. Sin embargo, en todo caso, ahora sonreía con más facilidad y se veía relajado.

Porque no estaba guardando ningún secreto.

Mierda.

Me moví con inquietud en mi asiento y crucé las piernas. No tenía ningún mal secreto que estuviera guardando. Realmente no había hecho nada malo. Yo era pobre. Eso podría ser un crimen en el condado de Darlington ante los ojos de algunas personas, pero no pensaba que Emmett...

—Emmett, ¿verdad o reto?

—Verdad —dijo, recostándose en su silla, con las manos en

los reposabrazos como si fuera un trono y él el rey. Así de cómodo se veía en esta sala entre estos hombres.

Sus compañeros.

Sus iguales.

—¿Tú o tu padre han engañado alguna vez a un socio comercial? Recuerda, si mientes aquí, podría resultar en tu expulsión de las pruebas.

Se me secó la boca. Cielos, no jugaban a la ligera, ¿verdad? Y preguntar sobre su empresa... ¿Es que estaban buscando información?

Los ojos de Emmett buscaron en la multitud y se detuvieron por un momento. Estaba mirando detrás de mí, así que no podía ver a quién estaba mirando. ¿A su padre, tal vez?

Emmett luego miró al anciano que había hecho la pregunta.

—Solo puedo hablar por mí mismo y, hasta donde sé, por la empresa, no, nunca hemos engañado a un socio comercial, que yo sepa.

Los bastones resonaron y el anciano se volvió hacia mí.

—¿Verdad o reto, señorita Carmichael?

Tragué saliva de nuevo y entonces, antes de que pudiera pensarlo demasiado, chillé:

—Reto.

El hombre me sonrió, y no fue necesariamente amable ni agradable.

—Te reto a besarte con Jenny mientras el anciano St. Claire se la folla.

Miré rápidamente a Emmett, que tenía los puños apretados. Entonces miré al anciano.

—¿Solo besarla? ¿No tengo que tocarlo a él?

—Solo a ella.

Miré a Emmett de nuevo y asintió brevemente.

—Está bien. Acepto el reto.

—Quítate la bata —dijo el anciano mientras me ponía de pie.

Apenas evité poner los ojos en blanco mientras desataba la delgada cinta de seda que cerraba la prenda, y la abrí. Habían traído un diván para que también fuera el centro del escenario, y vi al padre de Walker dejar caer su túnica plateada y pararse al final, completamente erguido. Una mujer, Jenny, supuse, se subió a gatas.

Respiré con fuerza antes de unirme al cuadro, descansando frente a Jenny. Ella me sonrió, sin verse tímida en absoluto.

Esperaría hasta que...

Pero el señor St. Claire no perdió tiempo en agarrarle las caderas y enterrarse dentro de ella. En poco tiempo adoptó un ritmo rápido mientras la follaba por detrás. Sus tetas se balancearon con el movimiento, y se aferró a los bordes de la tumbona.

—Ahora —exigió el anciano detrás de mí.

Asentí y extendí una mano hacia adelante, sosteniendo la tersa cara de Jenny. Era joven, de veintitantos años. ¿Qué la había traído aquí esta noche?

No había tiempo para detenerse a preguntarle. Me incliné y la besé.

Sus labios suaves me devolvieron el beso, haciendo ruidos pornográficos que claramente eran para la audiencia.

No tenía problema con eso.

Me preguntaba si a Emmett le gustó lo que vio. ¿Lo excitaba verme besar a otra mujer? Pensar en eso me hizo besarla con un poco más de entusiasmo, incluso si era difícil hacerlo cuando se movía constantemente hacia adelante y hacia atrás de esta manera.

De todos modos, solo duró unos minutos más.

Pero ella estaba besándome con entusiasmo al final; su

lengua buscaba abrirse camino en mi boca. Me mordió el labio inferior cuando el señor St. Claire se acercó para frotarle el clítoris, y sus sonidos se volvieron genuinos cuando me chupó el labio y se corrió.

Retrocedí, parpadeando, por una experiencia que solo podía llamar primera vez.

Estaba un poco tambaleante cuando volví a mi silla. «Vale, bueno, uf». Primer reto sobrevivido. Miré a Emmett y los ojos le ardían en llamas. No estaba segura, pero pensé que le gustó lo que había visto. Tenía esa mirada cuando estaba cachondo. Lo cual me excitó, así que cuando me senté, me retorcí por razones completamente diferentes a las que tenía al comienzo de este desafío.

—Volviendo a ti —el anciano se volvió hacia Emmett—. ¿Verdad o reto?

—Verdad —dijo Emmett de nuevo.

—¿Qué es lo que más odias que la gente sepa de ti? —preguntó el anciano, sin pestañear.

Me estremecí. Dios. No se le preguntaba a la gente una cosa semejante.

Esperaba que Emmett cambiara a reto, pero solo miró a su examinador a los ojos y respondió:

—Odio que la gente sepa que me siento inseguro por pensar si les gustaré por mi forma de ser o solo por mi dinero. Odio que sepan que, en el fondo, no creo gustarles por lo que soy.

Joder, ¿de verdad acababa de admitir eso en voz alta a esta sala de buitres? Y una vez lo llamé cobarde. Era tan valiente.

Quería correr hacia él y decirle que era ridículo, que cualquiera que realmente llegara a conocerlo amaría...

Me congelé a mitad del pensamiento.

Oh, mierda. Ellos lo amarían. Cualquiera que realmente

llegara a conocerlo lo amaría. ¿Eso significaba...? ¿Estaba diciendo que yo...?

Parpadeé y casi no escucho la pregunta cuando el anciano se giró y me preguntó:

—¿Verdad o reto?

—Eh... esto, yo... —Negué con la cabeza—. Reto.

—Te desafío a que te agaches, te sujetes de esa silla y dejes que cualquier hombre en esta sala te azote.

Emmett se puso de pie.

—¿Puede cambiar a verdad?

El anciano asintió.

—Sí.

Me senté inquietamente, mirando a Emmett y al Anciano, aterrorizada de lo que me preguntaría. Pero si Emmett había sido valiente, quizás yo también podría...

—¿Cuál es la pregunta si elijo verdad? —pregunté.

—¿Por qué tu madre te ha enviado aquí? —El anciano me miró directamente a los ojos—. Recuerda que una mentira te descalifica.

Abrí la boca antes de cerrarla de golpe. ¡Hijos de puta! Podía sentir los ojos de Emmett en mí. Por supuesto que sí. No tenía idea de que había sido mi madre quien me había enviado aquí. Sabía que esperaba que me quedara sentada y respondiera tranquilamente a su pregunta.

Pero entré en pánico.

—Reto.

Así que me puse de pie, me moví hacia el lado de la silla, agarré el reposabrazos con mis manos y asumí la posición.

CAPÍTULO DIECISÉIS

EMMETT

—NO. Verdad —solté, entrecerrando los ojos para mirar a Bellamy, que evitaba hacer contacto visual conmigo—. Ella escogerá verdad.

Esto no tenía nada que ver con que a otro hombre se le permitiera azotarla en ese momento.

Quería escuchar la verdad.

Mi instinto me gritaba que necesitaba escuchar la verdad.

Los ancianos golpearon el suelo con sus bastones y el anciano que dirigía el juego dijo:

—Será verdad, Bellamy. Siéntate.

Bellamy tragó saliva con fuerza e inhaló profundo antes de seguir su orden, con la mirada fija en sus pies.

—Señorita Carmichael, repetiré la pregunta de nuevo: ¿Por qué tu madre te hizo venir a la Oleander? ¿Por qué quería que fueras una bella?

Esperé y se me apretó el estómago. Apenas podía respirar mientras observaba a la mujer que amaba, la mujer por la que me había llegado a preocupar, revelar una verdad que claramente no quería contar.

—Déjame recordarte que, si no respondes con la verdad, fracasarás en la prueba —dijo el anciano.

Sus ojos finalmente se levantaron para encontrarse con los míos, y vi el dolor que allí había. No pudo sostener la mirada por mucho tiempo y volvió a mirar al suelo una vez más.

—Quería que me convirtiera en bella con la esperanza de que me eligieran para poder seducir a un iniciado y que este se casara conmigo.

Estaba temblando cuando se sentó frente a mí, y aunque no me gustó la intención de su madre, tampoco me sorprendió, la verdad. Todas las madres solteras de Darlington eran culpables de querer o incluso de intentar tender una trampa a sus hijas conmigo con la esperanza de comprometerse. Era nuestra cultura y su naturaleza de sangre azul. Cada madre tenía el deber de encontrar un hombre para su hija con la misma riqueza, si no más, que su propio linaje y la capacidad de proporcionar un estilo de vida lujoso y respetado que coincidiera con la infancia de su hija. No entendía por qué a Bellamy le molestaba tanto admitirlo.

—Hay más —dijo un anciano mientras golpeaba con su bastón el suelo de mármol.

Bellamy se estremeció, pero agregó:

—Todos los que han pasado por las pruebas antes que Emmett se enamoraron de sus bellas y comenzaron una vida con ellas. El matrimonio o promesas de matrimonio han salido de las pruebas. El resultado final es que cada bella consigue una relación comprometida.

El mismo anciano de antes volvió a sacudir el bastón.

—Hay más.

—Quiere que me case con Emmett —espetó Bellamy, con

los ojos aún enfocados en sus pies y no en mí, que estaba sentado frente a ella.

—Muy bien, señorita Carmichael —dijo el anciano—. Te ayudaremos a acelerar este proceso de la verdad. ¿Por qué tu madre quiere que te cases con Emmett?

Finalmente me miró de nuevo.

—Por su dinero.

—¡Hay más! —gritó el anciano con otro choque de su bastón.

Bellamy miró a los ancianos y luego a mí. Con los labios temblorosos articuló un «perdóname» antes de responder.

—Porque mi madre y yo estamos en la ruina. Hemos estado en quiebra desde hace años viviendo una mentira de que tenemos dinero cuando no es así. Mi madre pensó que, si me casaba con Emmett, nuestros problemas financieros se resolverían. Quería que me casara con él por su dinero porque lo necesitamos.

Recordé cuando intenté unirme al equipo de fútbol para integrarme con Montgomery, Sully y el resto de mis amigos. Me habían tacleado con fuerza y quedé casi noqueado en mi primera atrapada. Todavía puedo recordar la sensación de que te falta el aire. Temía que nunca podría volver a respirar. Inhalar aire fresco parecía imposible y...

Estaba experimentando esa sensación de nuevo ahora.

—¿Cuál fue tu deseo para el final si completabas todas las pruebas? —preguntó el anciano.

—Que Emmett se casase conmigo —respondió en voz baja, con lágrimas en los ojos.

—¿Por qué no pediste mucho dinero como hacen el resto de las putas? —estallé levantándome de mi asiento y acercándome a ella—. ¿Por qué el matrimonio?

Bellamy me miró, las lágrimas finalmente caían por su rostro.

—Por la posición —respondió ella—. Necesitamos algo más que un cheque con dinero. Ya sabes cómo funciona Darlington.

Necesitaba aire.

Necesitaba aire, maldición.

Me alejé unos pasos de ella y les di la espalda a todos.

—Sí, sé exactamente cómo es Darlington —dije, más para mí que para los demás.

Todos los ancianos comenzaron a golpear el suelo con sus bastones al unísono, indicando que la prueba había terminado. Habían logrado su objetivo de la noche.

Manteniendo la compostura lo mejor que pude para no mostrar lo absolutamente devastado que me sentía al escuchar la verdad de Bellamy, la agarré del brazo y la ayudé a ponerse de pie. Me negué a mostrarles que tenían poder sobre mí. Nadie tenía poder sobre mí.

Nadie.

Ni siquiera Bellamy.

Salimos del salón de baile uno al lado del otro, de la misma manera que entramos.

—Levanta la cabeza, joder —susurré entre dientes—. Los ancianos no nos quebrarán.

Bellamy obedeció de inmediato y enderezó los hombros mientras lo hacía. Cuando entramos en nuestra habitación, giró sobre sus talones para mirarme en el momento en que cerré la puerta.

—Lo siento mucho, Emmett. Sé lo que debes estar pensando.

—Que eres como todas los demás —comencé, dirigiéndome directamente a la botella de whisky para servirme un vaso—. Que no debería sorprenderme esto.

Se acercó al armario y se puso algo de ropa, insuflando extrañamente un poco de normalidad a nuestra situación, que era todo menos aquello. Se quedó callada, y es que ¿qué más podía decir? Tenía que mostrar todas sus cartas, y qué baraja tan patética tenía.

—Bravo —dije mientras tomaba un gran sorbo de mi bebida—. No lo vivenir. Normalmente puedo detectar si una mujer me está usando desde un kilómetro de distancia. Hiciste un muy buen trabajo al cegarme.

—No era un juego —dijo en voz baja—. No te estaba usando.

Resoplé y caminé hacia la ventana, de espaldas a ella mirando el cielo nocturno.

—¿No me estabas usando? Entonces, ¿cómo le llamarías a eso? Tu deseo era casarte conmigo al final. No el dinero. No usar a la Orden por dinero, ni tampoco arruinarlos, sino arruinarme a mí. Querías obligarme a casarme contigo. —Me di la vuelta para enfrentarla—. Dime cómo es que eso no es usarme.

—Cuando comencé todo esto..., cuando acepté ser una bella, no pensé en todo. De verdad que no. Bueno... ¿cómo podría? Solo estaba haciendo lo que mi madre esperaba, como lo he hecho toda mi vida. No tengo el lujo en mi vida de decir que no. No puedo vivir mi vida como yo quiero. Hago lo que hace toda buena señorita y me someto a las reglas de la sociedad.

Se sentó en el borde de la cama, jugueteando con sus dedos.

—Pero estás en lo correcto. He estado jugando. —Me miró —. Desde que murió mi padre y nos dejó sin un centavo, he estado jugando. Todo ha sido engaños e ilusiones.

Me reí entre dientes, y el veneno que sentía se mezcló con el sonido.

—Engaños e ilusiones. Eso es todo lo que eres. Eso es todo lo que has sido. —Decidiendo ser sincero, agregué—: En verdad pensé que eras diferente. La Bellamy que conocí en esta habitación... bueno, pensé que era distinta. Pensé que llegaría a conocer la persona que eres.

—La conociste —respondió ella rápidamente—. Aunque te escondí que no tengo dinero, no significa que mentí. Me esforcé mucho por nunca mentirte. No quería que supieras la verdad, al igual que no quería que nadie supiera la verdad. ¿Sabes lo vergonzoso que es ser pobre en Darlington cuando alguna vez fuiste rico? ¿Sabes lo difícil que era mantener las apariencias, ocultarles nuestra verdad a todos? En el instituto apenas podía pagar los almuerzos, uno tenía para un vestido de graduación. Y sé que no soy la única chica con problemas de dinero. No estoy tratando de dar lástima...

—¿Seguro? Porque suena a que sí —repliqué alzando mi copa—. Pobre niñata rica.

—He pasado toda mi vida tratando de actuar y parecer alguien que no soy. —Hizo una pausa por un largo momento y luego agregó—: Pero contigo, estando aquí, llegué a ser yo. Pude soltar a la reina de belleza remilgada y simplemente... vivir. Sabía que todo se derrumbaría. Sabía que esta pequeña burbuja segura en la que hemos estado estallaría muy pronto. Pero tengo que ser honesta, Emmett. Me ha gustado estar aquí. Me han gustado las pruebas... o la mayoría de ellas. Me gusta el encierro en esta habitación y verme obligada a pasar cada segundo contigo.

Su rostro se volvió de un tono rosado cuando agregó:

—Y realmente me gustaba ser tu sumisa. Me gustó que tomaras el control y lo fácil que fue para mí dártelo. Por primera vez en mi vida, siento que por fin puedo respirar.

Caminando hacia la silla junto a la chimenea, me senté.

—Déjame preguntarte algo. —Tomé un sorbo de mi whisky y le hice señas para que se sentara frente a mí.

Lo hizo tentativamente y, cuando se acercó, pude ver que

le temblaban las manos. Una parte masoquista de mí quiso cogerla en brazos para ayudarla a calmar sus nervios. Había un impulso protector dentro de mí de cuidar a esta mujer; un deseo de garantizar que todo estaría bien y que solucionaría todos sus problemas.

Pero yo no era un tonto. Ya no.

—¿Cómo supiste que te elegiría? —le pregunté.

—Porque... —Tragó saliva—. Sabía que estabas enamorado de mí en el instituto. También te he visto observándome en otros compromisos sociales en los últimos dos años. Sabía... o al menos esperaba que....

—Entonces, si sabías que sería tan fácil encandilarme, ¿por qué no usaste tu magia de Darlington con tu madre y lograste que me casara contigo como lo hacen todas las demás cazafortunas?

—Porque eres tú, Emmett. No ibas a estar de acuerdo con eso. Nunca ibas a casarte con ninguna mujer de Darlington, y lo sabes.

—¿Y por qué? —pregunté, elevando la voz un poco más de lo previsto.

—¿Qué quieres decir? —Los ojos de Bellamy se encontraron con los míos.

—¿Por qué no me casaría con nadie de Darlington?

Vi la comprensión en sus ojos mientras se humedecía los labios y asentía. Respiró hondo.

—Porque siempre te has sentido utilizado por tu dinero. Piensas que nadie te va a amar de verdad si no fuera por tu dinero, que...

—¡Exactamente! —grité, golpeando la mesa auxiliar con el vaso vacío y poniéndome de pie—. Nunca me casaría con una zorra hambrienta de dinero a menos que me obligaran. Tú sabías esto. Lo sabías y lo usaste en mi contra.

Se estremeció cuando usé la palabra «zorra», y aunque

odiaba perder el control y la compostura al llamarla algo que no pensaba, no pude evitarlo. Quería lastimarla. Quería hacerla sentir el dolor que yo estaba sintiendo. Quería que se sintiera sucia y usada como yo. Quería que... fuera diferente.

De verdad pensé que era diferente.

—Sé que estás enojado... —comenzó a decir, poniéndose de pie para estar a mi lado.

—No estoy enojado —dije—. Me siento asqueado. Estoy harto y cansado de todo esto. —Levanté los brazos y señalé la habitación—. Me he esforzado tanto por ser respetado, por ser parte de la élite del sur. He querido ser perfecto en todo. ¿Y para qué? ¿Para esto? ¿Qué carajo es esto?

No dijo nada, pero avanzó hacia mí. Sus ojos, muy abiertos, me suplicaban que entendiera.

—Y después de toda la mierda por la que hemos pasado en esta iniciación, finalmente fracasaremos. Estamos tan cerca del final, y ahora tenemos que irnos como perdedores.

—No tenemos que fallar —respondió ella.

Me reí casi como un maníaco.

—Ah, pero fallaremos. Porque no pienso permitir que cumplas tu deseo. No me casaré contigo, Bellamy. Nunca me casaré con alguien que no quiera nada más de mí que mi dinero.

—No te quiero por tu...

—Claro que sí —interrumpí—. Y pase lo que pase, me niego a que me utilicen.

Vi lágrimas caer por sus mejillas, y todavía sentía la necesidad casi consumista de secárselas y abrazarla fuerte. Quería oler la esencia floral de su cabello mientras besaba sus preocupaciones. Quería...

A la mierda eso.

—No llores, Bellamy. Eres una mujer hermosa y podrás conseguir a otro pobre tonto que sea tu novio por dinero.

—Por favor, no seas cruel —dijo entre susurros—. Y eso no es lo que quiero.

Imaginármela con otro hombre era más mala para mí que para ella. Me hacía sentir mal, y consideré vomitar el whisky que acababa de beber con la esperanza de deshacerme de toda esta tensión que tenía en el estómago.

Odiando poder sentir los latidos de mi corazón en mis sienes y preocupado de poder decir o hacer algo de lo que me arrepintiese, corrí hacia la puerta para irme.

—Emmett, por favor no te vayas. ¿Podemos hablar de esto?

Miré por encima de mi hombro.

—Yo de verdad pensé que eras diferente, Bellamy. Gracias por abrirme los ojos esta noche por fin.

CAPÍTULO DIECISIETE

Bellamy

SABÍA que era un secreto espantoso, y fue terrible que saliera de esa manera, pero si me hubiera dejado explicarlo...

O tal vez no había forma de explicarlo. La verdad era que había pensado mucho lo que iba a pedir al final de la Iniciación. A veces pensaba que iba a ser más lista y que iba a pedir solo el dinero y que Emmett nunca iba a saber sobre lo otro. Las cosas parecían ir tan bien entre nosotros naturalmente que yo... no quería pensar en el final. Eso es lo que hice, ¿no? Vivir el momento con tanta fuerza que podía fingir que no estaba siempre al borde del colapso. Ignorar el mañana era una forma de vida para mí.

Pasé la noche llorando y caminando y esperando a que Emmett regresara, y luego, justo después del amanecer, llamaron a la puerta. Mi corazón saltó. ¿Era Emmett que por fin estaba listo para hablar conmigo? Habíamos tenido peleas antes, y seguramente si solo...

Pero cuando corrí hacia la puerta y la abrí de un tirón, solo estaba la señora H al otro lado con la bandeja del desayuno en sus manos.

—Ah, es usted. —Mis hombros se desplomaron y me alejé de ella.

—Bueno, no lo tomaré como un insulto, considerando todo lo que escuché que sucedió en el salón de baile anoche. —Puso el servicio de desayuno en una mesa auxiliar—. Ven aquí, querida. ¿Necesitas un abrazo?

Mi primer instinto fue desquitarme con ella. ¡No, no necesitaba un puto abrazo! ¡No necesitaba nada de nadie!

Pero luego miré a la mujer mayor con las amables arrugas en su rostro y no pude contenerme. Me acerqué y me derrumbé en sus brazos. Era cálida y suave, y maldición, daba grandes abrazos.

—Ya, ya, querida, todo va a estar bien —dijo, dándome palmaditas en la espalda.

Era tan amable y maternal.

Maternal de una manera que mi propia madre nunca había sido.

Rompí en llanto en su pecho demasiado grande, y me abrazó más fuerte.

—Eso es, muchacha. Déjalo salir. Desahógate.

Así que lo hice. Lloré y lloré, y cuando terminé de llorar, me eché hacia atrás y me derrumbé en la cama, acurrucándome de lado con una almohada en mi pecho. La señora H se sentó a mi lado y me frotó la espalda.

—¿Cómo es tan buena en esto? —le pregunté—. ¿Tiene hijos?

Una mirada ligeramente triste cruzó su rostro.

—Ninguno propio. Pero los hijos de los miembros han crecido en la Oleander, y siento que he ayudado a criar a tantos de estos niños.

Me sequé los ojos.

—Entonces, ¿por qué no me odia? He intentado atrapar a uno para que se casara conmigo.

La señora H me miró, apartando su mano de mi espalda.

—Bueno, yo tenía mis sospechas al principio, no lo negaré. Protejo a mis hijos, sobre todo al saber cuál era tu deseo. —Sacudió la cabeza—. Pero luego los vi a los dos juntos. Y tengo que decir que siempre está tan serio que parece un viejo. Excepto cuando estás con él. Brilla y se comporta de acuerdo a su edad. Recuerda que hay más en la vida que trabajar y esforzarse mucho por ser aceptado en ciertos ámbitos de la sociedad. Recuerda que merece tener alegría y compañía.

Tragué saliva.

—Pero lo he arruinado todo. Es que... no sabía cómo decírselo.

—¿Decirle qué?

—Cómo fue mi vida de joven. En el instituto, al menos, quiero decir.

—¿Por qué no empiezas por decírmelo a mí?

Resoplé y me limpié los ojos, pero no fue la peor idea que había escuchado. Mi secreto estaba fuera de todos modos. Obviamente, todos los hombres de la Orden conocían mis circunstancias y eran los hombres más importantes del pueblo. ¿Qué reputación estaba tratando de proteger con tanta fuerza con mi silencio?

—Empezó justo después de que papá muriera. Mamá y yo descubrimos que tenía una adicción con el juego. Una muy malo. Estábamos muy endeudadas y no había nada, ni dinero, ni bonos, y apenas activos para pagar todo.

La señora H se llevó la mano al pecho.

—Ay, cariño. ¿Qué diablos hicieron?

Negué con la cabeza.

—Al principio, nada. Mamá estaba en negación. Yo era una niñata de dieciséis años, acostumbrada a tener todo por capricho, a que un chef me preparase las comidas y que una criada limpiara todo. Ellos fueron los primeros en irse, obviamente. Cuando el primer cobrador apareció en la puerta...

Bueno, esa noche, entré y encontré a mi madre en el suelo con pastillas a su alrededor. Aterrorizada, arrastré su cuerpo inerte hasta el inodoro y le metí el dedo en la garganta hasta que empezó a tener arcadas y vomitó. Las pastillas que arrojó al inodoro se veían enteras, así que aparentemente llegué justo a tiempo.

Quería llevar a mamá al hospital, pero se desesperó y dijo que no, que no teníamos dinero. Dijo entre sollozos que lo lamentaba, que nunca lo iba a volver a hacer. Había sido débil.

—¿Las cosas mejoraron? —preguntó la señora H después de que le di una descripción general rápida del primer intento suicida de mamá.

Negué con la cabeza y suspiré.

—Ojalá. No, cada vez que las cosas se ponían más difíciles, tenía que ir a vigilar a mamá. Cuando los avisos rojos comenzaron a llegar a la casa, llegué y la encontré en la bañera, tratando de cortarse las venas con hojas de afeitar desafiladas. Tenía cortes superficiales en todo el brazo, solo que no fue capaz de terminar el trabajo. Eso fue durante el baile de graduación de último año, creo. En el exterior, apenas estaba manteniendo las cosas en orden, pero era este papel el que estaba interpretando ahora.

—Mi vida real estaba en casa con esta mujer rota, tratando de evitar que se suicidara mientras nuestro mundo se derrumbaba a nuestro alrededor. Y durante el día jugaba a ser una adolescente maliciosa, una versión ficticia de mi antiguo yo. Pero me aferré a esa parte aún más, porque, de alguna manera, si nadie sabía lo que estaba pasando en casa, era como si no fuera real, como si no estuviera durmiendo a los pies de la cama de mamá porque sabía que su depresión empeoraba por la noche y si yo estaba allí, podría evitar que tratara de ponerle fin al asunto con sus propias manos.

—Cuando estaba en el colegio, estaba siempre preocupada por lo que podría encontrar cuando llegara a casa. Y cada día que la encontraba con vida era una victoria, y también significaba otra noche agotadora para que siguiera estando así.

—Oh, cariño —intervino la señora H—. ¿Cómo hiciste para seguir así? No eras más que una niña.

—Bueno, no podía seguirlo siendo por mucho tiempo, ¿verdad? Llevé a mi mamá al banco y la obligué a enfrentar la renegociación del préstamo y la consolidación del préstamo de la casa. Eso significaba que estábamos hipotecadas hasta el cuello y que no podíamos dejar la propiedad aunque quisiéramos. Pero mientras pagáramos un poco cada mes, podíamos quedarnos allí.

—Vale, eso es bueno —dijo la señora H—. Así que encontraste una solución.

—Fue solo una solución a corto plazo, y solo porque mi padre había sido parte de la Orden. El banquero al que acudimos era otro miembro de la Orden, y el trato que hicimos ese día fue por cinco años. El acuerdo entre todos en la reunión fue que tenía cinco años para encontrar un esposo rico para buscarle una solución a largo plazo a la situación.

—Ay —dijo la señora H.

—Sí —dije—. Exactamente. Creo que fue idea de mamá que yo viniera aquí, pero pudo haber sido tanto de la Orden como de ella. Ni siquiera lo sé. No sé si están tratando de controlar a Emmett porque creen que podrían controlarlo si tiene una esposa como yo que, en teoría, seguirá sus reglas. O tal vez no pensaron que lo haría y pensaron que ambos fracasaríamos.

Me dejé caer de espaldas en la cama.

—¡No sé nada! Solo sé que nunca he podido vivir por mí

ni hacer lo que quiero. Excepto dentro de estas paredes. Cuando estoy con Emmett, por primera vez en mucho tiempo, siento que de verdad soy yo. Es como si las otras voces en mi cabeza que me dicen que sea perfecta porque es lo que todos esperan por fin se callaran, y puedo ser... yo nada más.

—Bueno, querida, ¿por qué me cuentas todo esto? Supongo que hay un muchacho herido que necesita escucharlo mucho más que yo.

Agarré la almohada y me la puse en la cara. La señora H me la quitó y me miró.

—¡No puedo! —dije, sentándome—. ¡No sé cómo! Emmett es la única persona que mira debajo de todas mis máscaras y todavía le gusta lo que ve allí. Pero he estado tan aterrorizada de quitarme esta última capa que demuestra que no estoy a su nivel. No puede amar a alguien que no sea como él. Lo ha dicho una y otra vez, no puede confiar en alguien así. No puede confiar en mí. —La voz se me quebró después de la última palabra.

—Pero no importa cuántas veces me estruje el cerebro, si no salgo de aquí con un esposo... —Miré a la señora H con los ojos empapados de lágrimas—. Mamá estaba mucho mejor antes de que me fuera, y hablaba de todas las cosas que haríamos cuando regresara. Parecía esperanzada y casi lo que solía ser. No podía soportar decirle que no estaba segura de poder interpretar el papel de una fría cazafortunas. Pero luego llegué aquí, y no fue nada de eso. Emmett no se parecía en nada a... Es increíble, señora H. Más allá de lo que podría imaginar. Es amable, gentil y cariñoso, pero también muy dominante. Apenas puedo respirar cuando estoy cerca de él. Siento como fuese adicta a él. Por no hablar del sexo.

—Ah, me lo puedo imaginar. —Se rio con un tono vertiginoso en su voz—. Las paredes no son tan gruesas.

—¡Señora H! —Me reí con ella, un poco escandalizada de saber que podía oírnos.

Pero solo agitó una mano.

—Es sano. Los jóvenes tienen que llegar a conocerse de todas las formas importantes para saber si son... eh... compatibles.

—Ah, somos compatibles —dije casi riéndome, porque éramos tan intensamente compatibles—. Ese no es el problema —suspiré.

—Entonces, ¿cuál es, querida?

Parpadeé mirándola. ¿No había estado escuchando una palabra de lo que dije?

—¡Todo lo demás! Nunca me perdonará. ¡Nunca confiará en mí! Nunca confiará en que podría amarlo por quien es...

—¿Y es así? —me interrumpió.

Palidecí ante su pregunta directa. No se suponía que esto fuese por amor. Pero al final, no había nada que hacer más que admitir esta verdad final.

Asentí.

—Yo nunca...

Pero no pude terminar mi oración porque, en ese momento, abrieron la puerta. Era Emmett con una expresión ilegible en el rostro. Mi cabeza se sacudió entre él y la puerta. Espera, ¿cuánto tiempo llevaba ahí? ¿Había oído lo que estábamos hablando? ¿Había escuchado a la señora H preguntar si lo amaba? Sin embargo, no pude responder, y él no me vio asentir.

Volví a mirar su rostro, decidida a encontrar alguna pista allí, pero su expresión era pétrea cuando se encontró con mi mirada.

—Han convocado una prueba para esta noche. Es la última. Si aprobamos, finalmente podremos terminar con todo esto.

CAPÍTULO DIECIOCHO

EMMETT

ERA la última prueba y no estaba seguro de lo que iba a hacer. Esta mañana me volví a ir de la habitación cuando le vi la cara llena de lágrimas. Se veía terrible y a la vez era la criatura más hermosa que había visto. No pude salir de allí lo bastante rápido. Saber que esta noche sería la última fue lo único que me mantuvo cuerdo todo el día.

Yo nunca había fracasado en nada. Lo daba todo en todo lo que hacía, y siempre había sido lo suficientemente bueno para tener éxito. La idea de renunciar casi me enfermaba. Pero después de la bomba de información que yo mismo hice que estallara, en realidad estaba considerando fallar la iniciación al último momento y a propósito.

Bellamy y yo caminamos hasta las puertas cerradas que conducían al salón de baile, ambos en completo silencio. Habíamos dicho todo lo que había que decir; o yo lo dije, de todos modos. Ella había tratado de comenzar de nuevo con su «solo escúchame antes de que bajemos», pero ni siquiera la miré. Simplemente comencé a bajar las escaleras, y después de un largo rato, se dio prisa para alcanzarme.

Ni siquiera quería mirarla, mucho menos estar de pie junto a ella. Estaba a punto de participar en una prueba que sin duda implicaría que la tocara, posiblemente incluso que la follara.

Cosa que no quería hacer.

Mis defensas estaban puestas, mi corazón ahora estaba seguro y lo último que tenía que hacer era dispararle misiles.

El único artículo en la caja que llegó para esta noche fue un esmoquin para mí y una bata de satén blanco para Bellamy. Era dudoso que usara la bata por mucho tiempo. Hice mi mejor esfuerzo para no imaginarla bajando por sus hombros. Ambos no teníamos idea de lo que nos esperaba esta noche, pero teniendo en cuenta que era la prueba final, sabíamos que no sería fácil de completar... si es que quería completarla.

El sonido de pasos acercándose nos hizo volvernos para ver a la señora H.

—Bellamy, tienes que venir conmigo para que te prepare para esta noche. —El rostro de la mujer no mostró emoción, ni siquiera un indicio de lo que estaba por venir. Había hecho esto durante años y sabía exactamente cómo ocultar hasta la más mínima pista si así lo deseaba—. Emmett, debes ir a la sala de billar donde tus amigos te están esperando.

Agradecido de dejar a Bellamy y de tener algo de tiempo para recuperar mis sentidos y de tomarme un respiro, me dirigí a la sala de billar sin decir una palabra más y sin hacer una sola pregunta.

Cuando entré, cuatro hombres sentados alrededor de una mesa circular se volvieron para mirarme. Montgomery, Rafe,

Walker y Beau estaban sentados bajo un gran candelabro de cristal y latón Baccarat que colgaba del techo de cinco metros de altura. A lo largo del techo había molduras de friso de yeso hechas de barro, arcilla, crin de caballo y musgo español. Conocía esta sala, había bebido y fumado bastante aquí. Pero esta vez se sentía diferente.

Beau Radcliffe fue el primero en hablar casualmente mientras bebía su vaso de whisky escocés.

—Nos han llamado para que asistamos a tu prueba final de hoy.

Me volví hacia Walker, que aún no había comenzado con su iniciación y no era miembro de la Orden.

—¿Incluso a ti?

Walker se encogió de hombros.

—Recibí la invitación. No sé por qué.

Tomé asiento en la mesa redonda hecha de caoba hondureña y tomé la botella de whisky escocés en el centro de la mesa.

—¿Alguno de ustedes tiene idea de lo que pasará?

Montgomery se rio.

—Le han guardado el secreto a tus amigos. Lo cual es... raro.

Tomando un sorbo de mi bebida, me eché hacia atrás y suspiré. Por primera vez desde la verdad de Bellamy, sentí que podía relajarme un poco y ser sincero con mis amigos.

—No creo que vaya a convertirme en miembro de la Orden.

Beau resopló.

—No te preocupes por la prueba final. Lo harás bien.

—Sí, no va a ser más difícil de lo que ya has hecho —agregó Montgomery.

—No se trata de la prueba en sí —comencé—. Se trata de Bellamy.

Todos mis amigos, excepto Walker, se miraron con complicidad.

Walker se dio cuenta y preguntó:

—¿De qué me perdí?

—Bellamy está arruinada —respondió Rafe—. La noticia salió anoche frente a todos.

Walker se encogió de hombros.

—No es un secreto. La gente lleva años insinuándolo.

—Tonterías —espeté, pues no me gustaba que esta información se regara por Darlington. No me gustaba no saber, pero también sentía lástima por Bellamy si en verdad la gente conocía su secreto más profundo—. Nunca había escuchado que tenía problemas de dinero.

—Es verdad, hombre —continuó Walker—. Sé que su madre se acercó a mi padre y le pidió dinero incontables veces. Sé que ayudó cuando le convenía, pero obligaba a la pobre mujer a suplicarle.

—Tu papá es un imbécil —murmuró Montgomery más para sí mismo que para cualquier otra persona.

—¿Y por qué te importa si Bellamy está arruinada o no? —preguntó Walker, ignorando el insulto de Montgomery.

—No me importa —dije, bebiendo el resto de mi whisky y sirviéndome otro—. Me importa que me haya mentido, por ejemplo. Y también me importa su deseo final. Esa muchacha espera que me case con ella si completamos la iniciación. ¡Está pidiendo matrimonio!

Walker dejó escapar un gran suspiro y sacudió la cabeza con una sonrisa.

—Madre mía, hombre.

—Sí, así que, si completo la prueba final, ¿adivinen quién se va a llevar un anillo en el dedo? —Le insté sacudiendo la cabeza—. Lo jodido de todo esto es... que en realidad me gustaba Bellamy. Me preocupaba por ella. —Miré a los hombres alrededor de la mesa y confesé—: Me estaba enamorando de ella.

—Dios —dijo Montgomery con una mueca en los labios—. Bueno, siempre sentiste algo por ella.

—Así fue —admití. —Y estar encerrado con ella solo me hizo sentir más. Pero todo fue una mentira. Me ha estado mintiendo desde el primer día. Me quiere por dinero y eso es todo. No es diferente a cualquier otra socialité que buscaba mi dinero.

—No estoy de acuerdo. Hablamos de Bellamy Carmichael —dijo Walker con calma—. La conocemos por el mismo tiempo que nos conocemos entre nosotros. Hay más en ella de lo que quieres admitir, y todos lo sabemos. La chica lo pasó mal. Su madre es una sociópata, si me preguntas, y su padre era un perdedor. Pero Bellamy es buena gente.

—Y te estás mintiendo a ti mismo en este momento —agregó Rafe.

Montgomery asintió.

—Los he observado en estas pruebas. Te has adueñado no solo de su cuerpo, sino...

—Es tuya —interrumpió Beau—. Es evidente lo que ambos sienten el uno por el otro. No solo te está usando por tu dinero. Aunque esa fuera su intención inicial... está claro por la forma en que te mira y como se comporta cuando está contigo, y es obvio que hay una conexión profunda entre ustedes dos.

Soltando una risa sardónica, cerré los ojos brevemente antes de preguntar:

—Entonces, ¿se supone que debo completar cualquier prueba que se venga, permitirle conseguir su deseo y casarme con ella? ¿Están sugiriendo eso? Es absurdo.

—No sabemos qué decidirán los ancianos —dijo Montgomery—. Pero estoy sugiriendo que termines lo que empezaste. Conviértete en miembro de la Orden como siempre has querido hacer. Deja que el destino se encargue a partir de allí.

—¿Incluso si el destino significa que me case?

—No eres de los que renuncian —agregó Walker—. Sé que aún no he completado mi iniciación, y no tengo idea de lo difíciles que son las pruebas, pero sé que, después de pasar 109 días aquí, estoy seguro de que no tiraría la toalla en el momento final.

—No sería la primera persona de nuestro grupo en fallar —dije en voz baja, detestando la idea de unirme a las filas de los marginados, pero sabiendo que era una posibilidad.

—Sully fracasó... pero esa es una historia diferente. Él nunca quiso esto. Tú, sí. Has querido ser miembro de la Orden del Fantasma de Plata quizás más que todos nosotros. Sé lo importante que es esto para ti —señaló Montgomery.

Odiaba que tuviesen razón. No quería fallar. Quería ser miembro de la Orden desde que era niño.

—Ojalá no me hubiera mentido.

—Ha tenido que mentir dese hace años —dijo Walker—. Creo que ya no sabe cómo ser sincera con su situación. Y no puedo decir que la culpo. No seas tan duro con la pobre. Ninguno de nosotros querría admitir lo que ha tenido que pasar. Y no hay un hombre en esta mesa que no tenga secretos. Solo porque te ocultó su pasado no significa que sea una mala persona.

—Lo dice el hombre que no tiene que casarse con ella —escupí entre dientes—. Y nunca dije que fuera una mala persona.

Bellamy estaba lejos de ser una mala persona. Sí, estaba enojado y hasta furioso con ella. Pero la verdad del asunto era que sentía mucha pena por ella. Si hubiera sido honesta conmigo y hubiera acudido a mí en busca de ayuda, le habría dado hasta el último centavo que necesitara. Nunca la hubiera obligado a completar todas estas pruebas solo para que pudiera pagar sus cuentas.

Creo que allí radicaba mi verdadera ira.

Quería ayudar a Bellamy. La habría ayudado en todos los sentidos.

Simplemente no quería que me engañase para hacerlo.

—Deja la idea del matrimonio a un lado por un segundo —dijo Montgomery mientras alcanzaba mi vaso vacío y lo colocaba a su lado. Siempre era el amigo que se preocupaba por sus amigos. Me di cuenta de que ya no quería que bebiera ni me emborrachara para la prueba de esta noche—. ¿Te importa Bellamy?

No quería responder la pregunta. No solo por ellos, sino que no quería enfrentar mi verdad conmigo mismo. Todos esperaban mi respuesta, y pude ver que no había manera de escaparme de esto quedándome en silencio.

Suspiré.

—Todos ustedes saben que sí. Siempre me ha importado.

—Entonces haz lo que sea correcto para los dos. Completa esta prueba, consigue lo que tú quieres y permítele a ella obtener lo que quiere —dijo Montgomery.

—¡Lo que ella quiere es casarse conmigo!

—Lo que ella quiere es seguridad —respondió en voz baja—. Quiere sentirse segura y protegida por primera vez en años. Si te preocupas por ella como dices que lo haces, entonces dáselo. Con o sin matrimonio, necesita completar esta iniciación o se irá sin nada.

—En realidad, se iría peor que cuando llegó —señaló Walker—. Ahora todos conocen su secreto. Es imposible ocultarle su situación financiera a Darlington. Ella y su madre estarán arruinadas en el mundo que ambas conocen y han vivido. Necesitas al menos darle algo. Deja que los ancianos al menos la compensen.

—Bien —dije—. Completaré la prueba. Pero si su petición final es casarse... no pueden esperar que lo haga, cabrones.

—Limítate a terminar la prueba y luego sigue después de completar la iniciación —dijo Beau.

Tras vaciar una botella de whisky escocés y media hora de sermones y consejos, el sonido de una pistola disparada en el jardín por fin anunció que nuestra noche estaba a punto de comenzar.

Un hombre con una capa plateada llegó desde un panel secreto en la pared. El anciano nos indicó que lo siguiéramos. Y en total y completo silencio, lo seguimos obedientemente en una sola fila por un estrecho pasillo que nos conducía al salón de baile blanco.

Profundas voces masculinas cantaban en latín cuando entramos en la sala que tenía cientos de adelfas blancas en altos jarrones de cristal colocados por todas partes. La fragancia floral casi ocultaba la sensación subyacente de fatalidad que estaba por venir. Sí que era apropiado. La savia lechosa de las hermosas flores era venenosa, mortal. El impacto rítmico de los bastones chocando contra el suelo reverberaba a través de mis huesos.

—Emmett Washington —exclamó uno de los ancianos. Los bastones continuaron resonando—. ¿Estás preparado para completar las pruebas de iniciación?

Los bastones aumentaron de ritmo.

Más fuerte.

Más fuerte.

El viento soplaba desde las ventanas abiertas, arremolinándose a nuestro alrededor como si la Orden hubiera convocado al mismísimo diablo.

El canto en latín se reanudó de nuevo cuando la iluminación de gas de la sala titiló.

Entonces el sonido de un órgano dominó todos los demás sonidos. Comenzó la canción de la Marcha Nupcial, y Bellamy, completamente desnuda, atravesó las puertas dobles.

—Emmett Washington: tu prueba final de la iniciación comenzará.

CAPÍTULO DIECINUEVE

Bellamy

ME TENÍAN en una plataforma elevada que instalaron en el centro de la sala mientras Emmett me observaba desde la distancia.

Apenas podía distinguir la expresión de su rostro, inexpresiva, monótona, antes de que las luces del salón se atenuaran, excepto por los focos en la parte inferior de la plataforma que me iluminaban. Las luces radiantes me impidieron ver más allá de mi plataforma y su esfera de luz. Entrecerré los ojos para tratar de distinguir a Emmett, pero efectivamente desapareció entre la multitud oscura.

Si tan solo hubiese tenido unos minutos para hablar con él antes de que nos hubiesen arrastrado a la prueba... Lo había intentado, pero me lo negó, primero al no ir a la habitación en todo el día y luego otra vez al no dejarme decir nada antes de bajar las escaleras.

Después de todas las semanas de espera interminable,

ahora todo iba demasiado rápido. Ojalá todo se ralentizara. Si tan solo pudiera pedir un momento para poder llevarme a Emmett a un lado y hablar con él...

Pero no; estaba de pie en esta plataforma en el centro de la sala y el señor St. Claire estaba parado a mi lado con un martillo de subasta frente a él.

Golpeó varias veces con el mazo.

—Silencio, silencio. Ya empezó la subasta. Esta noche subastaremos los favores de la deliciosa señorita Bellamy Carmichael. ¡El botín se lo lleva el mejor postor!

Golpeó el mazo varias veces más y luego comenzó a hablar con ese elocuente discurso de subastador que había escuchado una dolorosa vez cuando me dejé arrastrar a un rodeo. Una vez fue suficiente, de verdad.

Sacudió el mazo varias veces más y luego habló en voz alta:

—Por el honor de besar, acariciar y follarla con los dedos, comenzaremos la subasta en 1-000 dólares. ¿Hay alguien que ofrezca 1.000 dólares?

Señaló hacia la multitud.

—Mil, ¿alguien da dos? Dos mil. —Señaló en una dirección diferente. Habían colocado luces muy intensas en la parte inferior del podio que me daban en el rostro, y no podía distinguir a un hombre de otro mientras las manos con paletas se levantaban por toda la sala. Retrocedí y levanté el brazo para cubrirme los ojos.

Sin embargo, Emmett había entrado desde el centro trasero, así que entrecerré los ojos en esa dirección. ¿Estaba pujando por mí? ¿Seguía aquí en la sala?

—Diez mil —dijo una voz fuerte y firme desde el fondo de la sala, y se me aceleró el corazón. Emmett. No había forma de confundir aquel barítono.

Las mejillas me ardían mirando a la multitud oscura de

donde procedía su voz. No podrían haber pensado en un desafío más cruel. Aquí estaba yo, obligándolo a gastar su dinero en mí en todo sentido literal de la palabra. Todo para comprar mi amor.

O al menos mi cuerpo.

Tal vez eso era todo. Tal vez esto lo hacían para mí, para mostrarme lo que realmente era, lo que siempre fui. No era más que una puta por la que tenía que pagar.

—Veinticinco mil. ¿Alguien ofrece...?

—Setenta mil —llamó la voz de un hombre desde la izquierda.

—Ochenta mil —dijo otro más cerca.

—Un millón de dólares y terminamos —dijo Emmett caminando hacia el frente de la sala.

Temblé y no solo porque estaba de pie, desnuda, en una sala fría rodeada de treinta hombres. ¿Un millón de dólares?

—Desde luego —dijo el subastador a Emmett, alejándose y extendiendo una mano en una invitación hacia mí, el premio—. Disfruta tus ganancias antes de que pasemos a subastar sus otros... bienes. Hay tantos bolsillos pesados aquí esta noche listos para gastar.

La mandíbula de Emmett se tensó, y por el destello en sus ojos mientras subía el gran escalón a la plataforma, temí por un momento que pudiera engañar al subastador. El señor St. Claire era el anciano más importante y el hombre que, antes de ahora, Emmett había querido impresionar.

¿Estaba enojado por gastar el dinero? ¿Por qué lo había hecho? ¿Era un motivo de orgullo para él en este momento que nadie más me tocara? Tenía que mantener su prestigio frente a estos hombres, después de todo. Era la única razón por la que podía imaginar que lo haría. Había arruinado todo lo demás entre nosotros.

Sin embargo, no me quedaba orgullo y estaba decidida a

decir lo que no tuve la valentía de decir antes. Si no podía tener un momento en otro lado, tendría que ser suficiente con el aquí y ahora.

Entonces, mientras Emmett se paraba frente a mí, bloqueando la luz de los focos mientras el señor St. Claire bajaba los tres escalones de la plataforma en la parte de atrás, me arriesgué.

—Emmett —dije con voz temblorosa—. Lo siento. Lo siento por todo. Nunca fue mi intención que... —Luego negué con la cabeza, enfadada conmigo misma por desperdiciar palabras cuando no había tiempo—. Te quiero. Me he enamorado de ti. Perdóname por todo lo demás, pero nunca me arrepentiré de eso.

Las fosas nasales de Emmett se ensancharon y los ojos le brillaron. ¿Finalmente estaba escuchándome?

Pero su mano salió de la nada, arremetió y me agarró por la garganta. Apenas logré tomar aire antes de que comenzara a apretar.

—Inclínate sobre el podio de subasta.

Asentí, incapaz de exhalar. Apretó más fuerte y capté el mensaje. Ya no tenía el control. Ya no tenía nada que decir sobre cómo pasaría esto.

Bajé los ojos, asentí tanto como pude con sus gruesos dedos apretándome el cuello y me sometí.

Fui hasta el podio de subastas. Era más una mesa de carnicero que un podio. Apoyé mis manos y me incliné para ponerme en posición.

—Cuenta —dijo. Su voz era como un látigo—. Y pídeme más.

Y luego comenzó a azotarme frente a toda la sala. Con cada golpe hacia desde el envés de mi culo, mis nalgas se movieron obscenamente.

—Dos. ¿Me puede dar otro, señor? Tres. ¿Puede darme

otro? ¡Cuatro!

Me moví de puntillas tras aquel azote, uno especialmente fuerte.

—¿Puede darme otro, señor? —logré decir entre dientes.

Luego vinieron cinco y seis que me dejaron sin aliento mientras pedía más.

Justo cuando pensé que finalmente me estaba acostumbrando al ritmo de las cosas, de repente el grueso dedo de Emmett estaba asomando entre mis piernas exigiendo entrar.

Se deslizó fácilmente en mi lugar secreto, porque... estaba mojada. En el segundo en que su mano hizo contacto con mi piel, mi cuerpo comenzó a prepararse para él. Me había entrenado bien durante los últimos tres meses.

Y la verdad era que al estar en exhibición para todos así, incluso en estas retorcidas circunstancias... no podía evitarlo. Sentía deseo. Así era yo, al menos cuando las manos de Emmett estaban sobre mi cuerpo. Era lo que él me había hecho, lo que creamos juntos.

Entonces, cuando comenzó a follarme con los dedos sin descanso, primero con un dedo y luego con dos, lo único que pude hacer fue abrirme para que tuviera un mejor acceso.

Sentí su peso moverse por mi espalda, y luego me sacó los dedos pero solo para poder metérmelos en la boca.

—Prueba lo mojada que estás por mis caricias. Límpiame los dedos.

Succioné con urgencia sus gruesos dedos y lo sentí endurecerse por encima de sus pantalones. Chupé más fuerte hasta que me hizo jadear al pellizcarme el pezón con fuerza con su mano libre. Me sacó los dedos de la boca con mi quejido y luego sostuvo mis dos senos.

Y no fue delicado. Castigó mis pezones, los haló y pellizcó hasta que grité. Ah, aquello pareció gustarle, porque continuó atravesando una de sus rodillas entre mis piernas mientras tanto, apretando mis pezones con mucha fuerza y pellizcándolos sin piedad. Empujó hacia arriba con la rodilla al mismo tiempo, torciendo y pellizcando. Abrí los ojos y abrí la boca con un placer agonizante.

Y luego, de repente, me soltó, empujando mi ingle aún más fuerte con su rodilla, y llegué al orgasmo. Me corrí una y otra vez hasta que él su rodilla y me quedé húmeda y jadeante. Apenas pude sentirme satisfecha cuando me desplomé en el podio.

—Qué dulce y sensible la has puesto —dijo el señor St. Claire, saltando de nuevo a la plataforma mientras Emmett se alejaba aún más.

Quería acercarme a él, pero ya se estaba alejando del podio y se fue a la oscuridad más allá de los focos. Me quedé jadeando y sola.

Nunca me había abandonado con tanta frialdad después de hacerme llegar al clímax. Normalmente me trataba tan bien luego del acto. Siempre se aseguraba de que estuviera bien, de que estuviera estable y bien cuidada.

Pero ahora todo era diferente. Nunca volvería a ser así. Traté de contener las lágrimas que se deslizaban por mis mejillas, pero fue en vano.

¿Era este su plan? ¿Emmett solo quería destruirme por completo en nuestra última vez juntos?

Era demasiado tarde para mí. Me había sometido. Haría lo que sea que mi amo quisiese esta noche, descendería a cualquier profundidad que él quiera llevarme, pagaría cualquier penitencia.

—Creo que todos estamos emocionados por tocar este dulce par de nalgas luego de esa demonstración. ¿Quién quiere sentir esos dulces labios chupándole el pene con tanta desesperación como acaba de chupar los dedos del iniciante Emmett? Porque eso es lo que se subastará a continuación.

¿Cuánto darán por vaciarse en la bonita boca de la señorita Carmichael? La puja comienza en cincuenta mil. Cincuenta mil, ¿escucho cincuenta...?

—Cincuenta —dijo alguien.

—Tengo cincuenta y quiero setenta y cinco. ¿Alguien ofrece setenta y cinco? Setenta y cinco. Buscando setenta y cinco...

—Doscientos mil —dijo una voz desde la izquierda.

—Doscientos mil. ¿Alguien da trescientos? Trescientos mil. ¿Quién dará trescientos...?

—Un millón —dijo la voz de Emmett de nuevo.

Cielos, ¿otra vez?

Pero el subastador se lo tomó con calma.

—Un millón. ¿Alguien ofrece un millón y cuarto? ¿Un millón y cuarto? ¿Un millón y cuarto? Tengo un millón, busco un millón y cuarto.

La sala se quedó en silencio y, de nuevo, Emmett se acercó. Sin embargo, no tenía las manos vacías. No sabía de dónde lo había sacado, pero traía un manojo de cuerda de seda roja.

Lo miré rápidamente, pero él no me estaba mirando a mí.

—Arrodíllate —fue todo lo que dijo. Fue una orden fría. Inmediatamente me tiré al suelo. Ya que estamos en el baile, bailemos.

A pesar de lo mal que estaban las cosas entre nosotros, la sumisión requería confianza, y yo confiaba en él. Fui sincera con lo que dije: lo amaba, y para amar había que tener confianza. Solo podía demostrar mi verdad a través de mis acciones.

Así que me arrodillé, y cuando se movió detrás de mí, me puso el brazo detrás de la espalda y comenzó a envolver la cuerda alrededor de mis brazos, atando mi muñeca a mi tobillo, no hice ni un solo sonido de protesta. Solo cuando por fin me tuvo de la manera que quería, atada hasta casi no poder moverme, de rodillas con los brazos atados a los tobillos, finalmente se posicionó frente a mí y me miró.

Lo miré y nuestros ojos se encontraron por un momento, solo un momento, antes de que llevase sus manos al botón y la cremallera de sus pantalones. Su miembro salió y mis ojos se abrieron. Estaba hinchado, enorme y parecía dolorosamente duro. Dios mío, ¿cuánto tiempo había estado así? ¿Todo el tiempo que me estuvo atando?

Me lamí los labios y luego lo miré.

Se inclinó para que su cabeza quedara al lado de la mía.

—El acto de chasquear es tu palabra de seguridad. Pero solo úsala si lo necesitas de verdad porque no te lo voy a hacer con delicadeza. Asiente si entiendes.

Retrocedió y lo miré, tragando saliva y asintiendo. Tenía la espalda arqueada y mis pechos sobresalían por la forma en que me había atado. Era todo menos cómodo, pero cuando me miré, tuve que admitir que era increíblemente erótico.

Pero solo tuve un momento para mirar, porque al segundo siguiente, Emmett me estaba agarrando por debajo de la barbilla y metiéndome su gordo miembro entre los labios.

Los murmullos provenían de la multitud cuando comenzó a follarme la boca. No había otras palabras para lo que estaba haciendo. Me estaba usando. Me utilizaba como si fuera una muñeca sexual. Era degradante y humillante.

Y estaba tan excitada.

Yo, una perfecta hija de Darlington que frecuentaba el cotillón, estaba de rodillas mientras el hombre más fuerte y poderoso de la sala me tenía atada y me follaba la boca. Agarró la parte de atrás de mi cabello y llegó hasta el fondo. Bajó el pene por mi garganta hasta que me atraganté un poco con él. Él gruñó y me di cuenta de que le gustaba eso. Lo mismo hicieron los otros hombres en la sala.

Así que cerré mis labios alrededor de él y chupé con tanta fuerza como pude hasta que Emmett gruñó y se apartó. Respiré hondo antes de que me lo volviera a meter.

Deseé tener mis manos libres para poder acariciarle lostestículos y que le gustara mucho más.

Cuando me lo volvió a sacar de la boca, me zafé de su agarre, ignoré algunos mechones que se soltaron y me agaché para chuparle una de las pelotas. Jadeó cuando lo estimulé con la lengua y luego pasé al otro.

Él gruñó, pero me dejó jugar con él, al menos durante unos segundos más, antes de sujetarme el rostro de nuevo con ambas manos y llevar su pene, más rígido que nunca, a mis labios. Metió la gruesa cabeza y la sacó. Succioné la punta, lamí hasta la hendidura y luego cubrí la corona con mi boca, presioné fuerte con mi lengua sobre la vena que estaba debajo de la punta.

Eso lo hizo enloquecer. Me sujetó la cabeza con más fuerza y entró, salió, entró y salió.

—Píntale los labios, iniciado —gritó una voz entre la multitud.

Sacó el pene, tan grueso que la mano casi no cerraba, y me miró a los ojos mientras usaba la punta como un pincel para llenarme los labios con el líquido preseminal que se le estaba saliendo. Mi pecho se arqueó aún más hacia él. Jamás pensé que un oral podría excitarme tanto, pero todo lo relacionado con Emmett me excitaba, y Dios, verlo agarrarse ese mangífico miembro así...

Lamí los labios que acababa de cubrir con su esencia y, aparentemente, esa fue la gota que colmó el vaso. Lo metió hasta el fondo, hasta que sus testículos me golpearon la barbilla.

Y se descargó en mi garganta.

Tragué fuerte chorro tras chorro de semen. Pero me lo

sacó de la boca mientras aún se estaba corriendo, por lo que su semen goteó sobre mi barbilla y bajó por mi pecho.

La multitud a nuestro alrededor rugió mientras él se frotaba conmigo, reclamándome y marcándome de la manera más primitiva posible.

Luego, como antes, tan pronto como terminó, se subió la cremallera. Casi no lo vi sacar una navaja de bolsillo. Cortaron las cuerdas que ataban mis muñecas a mis tobillos y me liberaron. Pero cuando me giré para mirar detrás de mí, Emmett ya se había ido y había vuelto a la multitud.

Tragué saliva y pude sentir su salada esencia en mi lengua, tras lo cual parpadeé y me sentí abrumada por todo lo que estaba pasando. Pero iba a ser fuerte.

Porque al menos aún quedaba una parte más de mí por subastar.

Mi vagina se vendió por diez millones de dólares.

De nuevo a Emmett.

Hubo un momento en que el subastador se detuvo en dos millones cuando pensé que Emmett retiraría su oferta, pero luego apareció con ese número asombroso.

Hoy gastó doce millones de dólares en mí. Era dinero que iba a la Orden, supuse. Dinero que no era más que propina para Emmett, pero que a mí me habría cambiado la vida. Todavía no tenía ni idea de lo que iba a pasar, pero cuando Emmett volvió a subir a la plataforma y me dijo que me tumbase con los brazos y las piernas abiertos, no me importó.

Mi amo estaba aquí, y eso era todo lo que importaba en este momento.

Se mantuvo erguido mientras se cernía sobre mi cuerpo tendido y abierto. No me estaba mirando, sus ojos estaban fijos en la multitud.

—Quiero llamar a mis hermanos para que me ayuden. Montgomery, Beau, Rafe, Walker: vengan. Cada uno sostenga una de sus extremidades. Sujeten un tobillo o una muñeca. Inmovilícenla mientras reclamo mi premio de diez millones de dólares.

Sentí que el rostro me ardía cuando los murmullos recorrieron la multitud. Levanté la cabeza un poco y vi movimiento alrededor de la sala. Dios mío, ¿hablaba en serio? Iba a hacer que nuestros viejos amigos del instituto me pusieran las manos encima mientras él... ¿mientras me follaba?

Esto llevaba el voyerismo al siguiente nivel.

Pero parecía que ninguno de los hombres se quejó, porque, uno por uno, sentí sus manos masculinas sujetar cada una de mis extremidades. Primero fue mi tobillo izquierdo; luego, el derecho. Entonces una mano me agarró la muñeca. Levanté la vista y sentí vergüenza pura al ver a Walker St. Claire agarrándome una de las muñecas y a Montgomery Kingston sujetando la otra.

Montgomery sostuvo mi muñeca, pero desvió la mirada. Walker no se molestó en hacerlo; me miró sonriente y solo apartó la mirada cuando Emmett se acercó. Emmett se quitó la camisa de vestir y la arrojó al suelo lejos del podio. Pero no se quitó los pantalones, los desabrochó de nuevo y se los bajó hasta los pies.

Y de alguna manera, estaba completamente erecto de nuevo. Era el único hombre con el que había estado que podía lograr algo así. Solo habían pasado unos diez minutos desde la última vez que se había corrido y, sin embargo, aquí estaba de nuevo, duro como siempre.

—¿Qué se siente tener las manos de otros hombres tocándote mientras te follo, pequeña? —susurró en mi oído mientras se posicionaba sobre mí—. Responde con honestidad

Tomé aire.

—Es extraño. Pero no está mal. Sin embargo, solo te quiero a ti dentro de mí.

No perdió el tiempo. Después de todo el espectáculo de la noche, se agarró el pene y lo llevó dentro de mí.

Miró hacia abajo y a ambos lados.

—Manténganla abierta para mí. Sepárenla un poco más.

Las manos que sujetaban mis tobillos me apretaron y abrieron más. Jadeé cuando Emmett acercó más sus caderas hacia mí y su miembro se hundió en mis profundidades.

—Ábranle las piernas. Llévenselas a la cabeza.

Las manos que sujetaban mis tobillos me manipularon con rudeza mientras Emmett se apoyaba en sus fuertes bíceps y me penetraba.

—Cualquier otra persona que quiera puede turnarse para sujetar a mi gatita —dijo Emmett a la multitud en general—. Pero solo pueden tocarla. El único pene que estará dentro de ella es el mío.

Mis ojos se abrieron y Emmett me sonrió. Y la cuestión era que no pensaba que estuviese haciendo aquello por venganza. Era posible que todavía estuviese enojado conmigo, y tal vez esto era una prueba de ello... pero también le gustaba.

Era un cabrón muy pervertido, y esta situación de tener a una sala entera a su disposición mientras mostraba su dominio sobre mí..., este era el Emmett que se suponía que debía ser. Era dominante. Tenía el control.

Y lo deseaba más que nunca. Rompía todas las reglas con las que me criaron toda mi vida: siempre haz lo que se espera de ti, nunca generes problemas. Él acudía a estos viejos sucios y los superaba en sus propios juegos. Los estaba superando, mostrándoles que podíamos jugar juegos sucios, inmundos y eróticos sin lastimar a nadie. Él era el más rico y poderoso de todos, y estaba aquí para darles una lección en lugar de aceptar de forma dócil lo que sea que hubiesen estado tratando de demostrar con esta prueba. Y a pesar de eso, los estaba invitando a jugar con él.

Sentí que el corazón se me abría más cuando el pene de Emmett estimuló cada uno de mis centros de placer con cada embestida.

Había entregado mis extremidades. Otras manos tomaron posesión de mis piernas y los nuevos cuidadores no eran tan reticentes como nuestros amigos del instituto. Las nuevas manos se tomaron libertades; me acariciaron las piernas y los brazos y pellizcaron ocasionalmente con sus dedos a tientas.

Pero obedecieron a Emmett. Nadie acercó su miembro a mi cara ni trataron de ponerme algo en el culo. Ja, como si pudieran haberse interpuesto entre el enorme cuerpo de Emmett encima de mí.

—Cierra los ojos —exclamó Emmett—. Siéntenos. No pienses. Siente nuestras manos. Todas son mis manos. Siente mi pene también. Quiero que te sientan temblar cuando te corras una y otra vez. Quiero que sientan lo que te hago.

—¿Puedo correrme, señor? —le rogué.

—Todavía no —dijo, echando las caderas hacia atrás y embistiéndome al mismo tiempo que sus pelotas rebtaban en mi culo. Dios, amaba aquel sonido obsceno y la presión de su cuerpo cuando hacía impacto con mi cuello uterino de esa forma. Al salir de mi interior, su cabeza bulbosa tocó mi punto G. Cuanto más me follaba, más difícil era contenerse.

Gemí y me flexioné contra todas las manos que me sujetaban, de modo que realmente tuvieron que contenerme para evitar que alcanzara a Emmett.

—Por favor, por favor —supliqué solo un minuto después—. Por favor, ¿puedo correrme?

—No sé si estás lista todavía —dijo Emmett—. Que alguien le pellizque los pezones.

Manos codiciosas se acercaron a mis pechos. Emmett me miró a los ojos mientras más manos, por todas partes, me agarraban masajeándome, pellizcándome y frotándome el culo a lo largo de mis costados.

Estaba a segundos de estallar. Flexioné y apreté los dedos.

—¿Puedo correrme, señor? —chillé, desesperada.

—Córrete —exigió Emmett, dejando caer su cuerpo encima del mío para que su ingle hiciese presión en mi clítoris al mismo tiempo que me penetraba.

Fuegos artificiales estallaron detrás de mis párpados al mismo tiempo que mi orgasmo. Mis piernas temblaron con su poder tan intenso que ni siquiera todas las manos sobre mi cuerpo fueron capaces de mantenerme inmovilizada.

Emmett siguió follándome durante todo mi clímax. Fue tan glorioso, y también una de las experiencias más intensas de mi vida.

Especialmente porque, conociendo mi talento para los orgasmos múltiples después de todo lo que hicimos en la habitación, inmediatamente exigió:

—Que tu orgasmo se mezcle con el siguiente, y que sea más fuerte esta vez. Más intenso. Mucho más intenso, maldición. ¡Córrete!

Lo hice. Cielos, sí que me corrí. El primer orgasmo no había sido más que un aperitivo. Ahora estábamos en el plato principal y no pude articular más palabras ni pensar en nada. Todo era placer. Un placer que estremecía el cuerpo y el alma.

Las manos sobre mi cuerpo me apretaron, masajearon más fuerte que nunca mientras los espasmos recorrían mi cuerpo. Era erótico tener a todas esas personas rodeándome.

Tantas manos, todas bajo las órdenes de Emmett.

Mi vientre se contrajo cuando comenzó un nuevo orgasmo. Emmett se mantuvo erguido con un brazo mientras se agachaba y me sujetaba el trasero bruscamente; mientras me sostenía por la mitad de la cadera y el trasero a la vez que me penetraba. Todos los demás hombres ayudaron con el movimiento hasta que Emmett se sentó y los hombres me levantaron hacia él.

Me estaban moviendo sobre su pene. Más hombres de los que podía contar se subieron a la plataforma. Algunos tenían los penes afuera y me tocaban con una mano y con la otra se masturbaban. Otros estaban completamente comprometidos en sujetarme y ayudarme a follar a Emmett, y parecían seguir interesados en acariciar las partes de mi cuerpo que estaban expuestas: desde mi espalda hasta la curva de mi culo.

Era una marioneta y ellos manejaban todos mis hilos.

Hasta que fue Emmett quien se tumbó y me cargaron para que lo cabalgara. Las manos de Emmett estaban en mis caderas, guiando mi movimiento. Pero, por lo demás, los otros hombres se aferraron a casi cada centímetro de mí.

—Córrete —exigió Emmett de nuevo.

Dios mío, me iba a matar. Sentía que éramos como un organismo sexual gigante y giratorio en esta plataforma que se movía al unísono por un objetivo.

Por supuesto que llegué al clímax. Por nada del mundo habría podido detenerlo al estar tan sensible como lo estaba ahora. Ya había estado estimulándome tanto que no era nada volver a tener otro orgasmo.

Eché la cabeza hacia atrás y grité a la vez que unas manos sujetaron mis pechos y tiraron de mi cabello, y, a mi alrededor, más hombres se tocaban con furia. La lujuria se sentía en el aire.

Mientras me contraía convulsivamente en el pene de Emmett, él rugió y me penetró hasta lo más hondo. Sentí su semen vertiéndose muy dentro de mí, pero luego salió de mi interior con rapidez, y aun así no paró de correrse. Pintó mi sexo con el resto de su semen hasta convertirme en un desastre sudoroso y pegajoso.

Pero no había terminado, no; no estaba ni cerca de terminar. Miró a nuestro alrededor.

—Soy un hombre generoso. Así que cualquier hombre que haya compartido mi premio puede correrse ahora si lo desea, pero solo a sus pies.

Nadie pestañeó. Tal vez le estaban siguiendo la corriente, o tal vez todos estaban embebidos en la naturaleza autoritaria de Emmett tanto como yo. Tal vez no era más que un juego nuevo y estos cabrones siempre estaban listos para algo nuevo y pervertido.

Como fuese, Emmett me ayudó a ponerme en pie y se paró detrás de mí. Me agarró los pechos mientras hombre tras hombre llegaba al costado de la plataforma y se masturbaba a mis pies. El semen de los hombres me salpicó los pies y espinillas mientras me adoraban en mi santuario.

Hasta que, finalmente, todos terminaron.

Esperaba que ese fuera el final, y aparentemente Emmett también, porque me cogió del brazo para sacarme del improvisado escenario, supuse, cuando el señor St. Claire subió los escalones.

Acababa de verlo con la cara roja y sudorosa mientras masturbaba su pene de tamaño mediano a mis pies, pero se había vuelto a poner su túnica plateada de anciano y tenía una sonrisa en el rostro.

—¿Adónde vas, iniciado? Tenemos un último bien que subastar.

—¿Qué queda? —Emmet gruñó—. Les dimos todo lo que querían y más.

Emmett estaba verdaderamente enojado. Me di cuenta de ello a pesar de que todavía estaba de pie a espaldas de mí. Quise encogerme y ocultarme. El subidón del sexo excéntrico que acabábamos de tener estaba desapareciendo, y la voz iracunda de Emmett era como un chorro de fría realidad sobre las endorfinas que había estado sintiendo.

—El bien más importante, por supuesto. Lo último que se subastará será la mano de Bellamy Carmichael.

CAPÍTULO VEINTE

EMMETT

—DIEZ MILLONES más y esta prueba se acabó —dije entre
dientes.

Si algún hombre se atrevía a ofertar por Bellamy, mi ira y
mi delicada venganza no se harían esperar. Tenía pocos
enemigos en la vida, pero no dudaría en ocuparme de una sala
llena de ellos si fuera necesario.

Bellamy Carmichael no pertenecería a otra alma mientras
yo estuviese en esta Tierra.

Duplicaría el dinero si tuviera que hacerlo, pero si algún
hombre tenía el descaro de tratar de arrebatármela...

No se trataba del dinero. Tenía y ganaría lo que gasté hoy
rápidamente. Era el hecho de que estaba harto de La Orden
del Fantasma de Plata y sus juegos retorcidos. No veía la hora
en que me fuese de la Oleander y me cuestionaba seriamente
si alguna vez regresaría, fuera miembro o no. Estaba harto de
impresionar a estos hombres.

¿Por qué diablos me molestaba o me importaba tanto?

No necesitaba su aprobación y, por alguna loca razón, la quería.

Pero esta noche no tenía que ver con ellos. No se trataba de impresionar a los ancianos.

No... se trataba de Bellamy Carmichael.

Podía actuar tan enfadado como quisiera. Podía decir que me importaba una mierda. Podía amenazar con alejarme y arruinarlo todo, no solo para mí, sino también para ella. Podía destruir su vida y detonar una bomba que la hiciera irse de esta mansión con las manos vacías. Y si no hubiera superado la oferta de todos los hijos de puta en esta sala antes, podría haber permitido que todos los hombres poderosos del condado de Darlington la usaran.

Pero aparentemente, esta prueba había sido necesaria para probármelo a mí mismo. Mis amigos no pudieron convencerme. Fue ver a Bellamy arriba, desnuda, hermosa y necesitándome. Tal vez me volvió tan tonto como en el instituto, pero no lo creía así.

Cuando me susurró al oído que me quería, le creí. Y más que eso, estaba listo para demostrarle que no era un cobarde. Estaba listo para dar el salto de confianza y amor, estuvieran o no estas cosas allí para encontrarse conmigo al otro lado.

Eso era lo que hacía un hombre de verdad.

Tenía que protegerla, y no había cantidad de dinero que no gastaría para hacerlo. Era mía, y ya era hora de que se lo demostrara no solo a ella, sino a todos los hombres que nos rodeaban.

—Diez millones por la mano de Bellamy Carmichael —dijo el anciano St. Claire—. ¿Hay más ofertas?

Un silencio momentáneo reinó en la sala y aproveché la oportunidad para mirar los ojos bien abiertos de Bellamy. No podía descifrar sus pensamientos y deseaba poder hacerlo. ¿Estaba enfadada conmigo por lo que acababa de ocurrir?

¿Estaba aliviada de que fuera yo con quien se casaría? ¿Sorprendida de haber accedido después de cómo la traté?

—Muy bien —dijo el señor St. Claire—. Su mano ahora te pertenece. Tienes 109 días a partir de este día para comprometerte, organizar una boda y recitar tus votos en los terrenos de la Oleander. ¿Cumplirás con tu palabra, Emmett?

Asentí.

—Tienen mi palabra. Nos casaremos dentro de 109 días.

Los bastones golpeaban el suelo con una cadencia que vibraba por todo mi centro.

—Emmett Washington, Bellamy Carmichael, ambos han pasado la iniciación. Emmett, ahora eres miembro de la Orden del Fantasma de Plata. Bellamy, se te ha concedido tu deseo y tienes a Emmett como tu futuro esposo. —Golpeó con fuerza su bastón para acentuar su dictamen.

Me quité la chaqueta, se la puse en los hombros a Bellamy y noté que estaba temblando. Detestaba que tuviera que estar en el salón de baile tan expuesta, sobre todo después de una experiencia sexual tan intensa, y me reprendí por no haberlo hecho antes. Atrayendo su cuerpo hacia el mío para ofrecerle algo de calor, solté un suspiro que ni siquiera me había dado cuenta de que estaba conteniendo.

Sin esperar a que dijera nada más, la acompañé a la salida del salón de baile y regresamos a nuestra habitación mientras un millón de pensamientos pasaban por mi cabeza. Pero al igual que abordaba situaciones difíciles en los negocios, sabía que tenía que tratar esto de la misma manera.

Un paso a la vez.

En este momento, necesitaba calentar a Bellamy y sacarla de esta guarida de víboras.

Cuando llegamos a nuestra habitación, me miró de inmediato sin apartar su cuerpo del mío.

—No tienes que casarte conmigo. No es justo que haya

exigido esos términos en mi petición. No te obligaré a hacerlo. Lamento mucho haberlo hecho.

—Los ancianos se asegurarán de que lo haga —dije y noté cómo su cuerpo se tensaba—. Y, además, cuando hago un compromiso, lo cumplo. Les dije que nos casaríamos en el plazo establecido y planeo ser un hombre de palabra.

Bajó los ojos al suelo mientras la guiaba al cuarto de baño para llevarla a la ducha y dejar que el agua se llevase toda la noche de hoy.

—Lo lamento. Sé que pedí casarme contigo y... no estaba pensando bien. Estaba dejando que mi madre pensara por mí. Yo nunca quise atraparte. —Cuando el agua estuvo lo suficientemente tibia, entró y exhaló—: Una vez que estemos casados y hayas cumplido tu palabra, siempre podemos anular el matrimonio si quieres. No espero que sigas casado conmigo. —Estaba cabizbaja—. Lo entendería si quisieras terminarlo.

—Nunca dije que querría terminarlo.

Los ojos brillaron de sorpresa.

—¡Pero te mereces algo mejor! No entraste a esta iniciación con la intención de casarte. No es lo que estabas esperando —dijo.

Me senté en el borde del lavabo y la miré lavarse el cabello bajo el chorro de agua.

—¿Por qué no me hablaste de tu madre, tu padre y tu situación financiera? —le pregunté. Necesitaba escuchar el porqué.

—Estaba avergonzada —dijo sin más—. Ya sabes cómo es Darlington.

—Pero yo no soy Darlington.

Giró la cabeza para mirarme a través del cristal de la ducha.

—No, ciertamente no eres Darlington. Pero lo que opines de mí importa más que nada y está por encima de todos los demás. Así que escondí todo para tratar de preservarla —suspiró—. Y al final, hice que me odiaras. Tenías todo el derecho a saber la verdad. Mi verdad.

—No te odio —confesé—. Todo lo contrario, de hecho.

Cerró la ducha y le entregué una toalla. Su mano rozó la mía y sentí que mi cuerpo volvía a la vida.

—¿Lo contrario? —preguntó ella con voz temblorosa.

—Te amo, Bellamy. —La envolví con mis brazos y la abracé fuerte. Su cuerpo estaba húmedo y cálido—. Siempre te he amado... desde el primer día en el comedor del instituto.

—Te amo —murmuró ella contra mi pecho. Su cabello empapaba mi camisa, pero no me importaba; tenerla en mis brazos lo era todo—. Te amo mucho.

—Desearía haberlo sabido —murmuré en su cabello—. Te hubiese ayudado.

Ella negó con la cabeza con el rostro aún en mi pecho.

—Nunca te hubiera pedido eso. —Apartó la cara y me miró—. Y no lo haré. Sé que eres un hombre de palabra, pero no es justo que te cases conmigo a la fuerza.

—No es a la fuerza —dije, bajando mis labios a su frente y besándola suavemente—. Nunca hubiera pujado por tu mano para casarme contigo si no tuviera la intención de cumplir mi promesa.

Ella gimió y presionó su cara en mi pecho.

—Era mucho dinero. Has gastado tanto hoy... y todo en mí.

—Y lo haría una y otra vez.

—¿Por qué? —Su voz era tan frágil, casi un susurro.

—Porque lo mereces. Mereces que te protejan, te amen y te cuiden. Mereces saber lo valiosa que eres.

Me resultó tan fácil decir todas esas palabras ahora que me permitía hacerlo. Y ver la guerra entre la incredulidad y la alegría en su rostro hizo que todo valiera la pena.

Haría que se lo creyera día y noche por el resto de su vida si era necesario.

Bellamy respiró hondo y dio un paso atrás. Sostuvo la toalla con fuerza a su alrededor mientras su cabello mojado goteaba por su espalda. Su maquillaje había desaparecido, y nunca me había parecido más hermosa que en aquel momento.

—¿Y ahora qué? ¿Qué hacemos ahora? —preguntó ella.

—Nos vamos de la Oleander apenas te vistas. No veo la hora de irnos. Y luego nos vamos a casa, a mi casa, la que pronto será nuestro hogar. Y luego, por la mañana, nos sentamos con tu madre y solucionamos el problema de las finanzas. Planeo arreglarlo y hacer que todo esté bien.

—No puedo pedirte eso —susurró ella, todavía parpadeando con incredulidad—. Sé que ese era el plan cuando mi madre y yo tuvimos la intención de que fuera una bella, pero...

—Es una solución fácil para mí y quiero hacerlo. No solo porque pueda ni porque sienta que sea parte del trato de la iniciación, sino porque quiero. De verdad quiero hacerlo. Tu madre va a ser parte de mi familia y yo cuido lo que es mío. Y aunque no estoy contento con el hecho de que te haya puesto en esta situación, y tengo algunos sentimientos sobre cómo te ha tratado, sigue siendo tu madre y una mujer que merece el respeto de Darlington. Es una solución fácil.

La cogí de la mano, la llevé al baño y alcancé mi maleta. Ella hizo lo mismo y comenzó a vestirse.

—Entonces, ¿cuál es la solución difícil? —preguntó, riéndose como si apenas pudiera creer todo lo que estaba pasando mientras se ponía un vestido—. Has mencionado la solución fácil varias veces, lo que me lleva a pensar que hay una difícil.

—Sí, tenemos algunos desafíos por delante.

Empecé a empacar, pues no quería estar en esta sala un segundo más de lo necesario.

—¿Lo dices por mí? ¿Por vivir juntos?

Me reí a carcajadas.

—Creo que hemos demostrado que sabemos vivir juntos. —Le guiñé un ojo antes de agregar—: No, tenemos un desafío muy grande por delante y me preocupa si sobreviviremos.

Se detuvo y me miró con preocupación dibujada en su rostro.

—¿Qué?

Crucé el cuarto y cogí sus manos entre las mías.

—Solo tenemos 109 días para planear una boda, y tengo la sensación de que entre tú y tu madre... bueno, estoy empezando a preocuparme de que puedas ser una novia de pesadilla.

A Bellamy se iluminó el rostro entre risas y meneando la cabeza.

—Te prometo que no... Vale..., no prometeré nada. Puede que lo sea. Pero trataré de comportarme y de mantener a mi madre a raya. —Ella se rio de nuevo y se abalanzó a mi cuello—. No sé cómo tuve tanta suerte de tenerte en mi vida, Emmett Washington.

—Porque elegiste ser una bella —dije, declarando lo obvio—. Y yo fui lo suficientemente inteligente para elegirte.

—Te elijo a ti también —dijo poniéndose de puntillas para besarme.

—Y continuaré eligiéndote una y otra vez.

Nuestros labios se encontraron y fue como el néctar más dulce que jamás hubiese probado.

EPÍLOGO

WALKER ST. *Claire*

BEBER con los muchachos no era algo que hubiésemos podido hacer desde hace un buen rato. Con todas las pruebas, la vida y... bueno... solo me agradaba estar sentado con mis amigos una vez más tomándonos una bien fría.

—No puedo creer que te vayas a casar en una semana —le dije a Emmett—. ¿Qué se siente?

Emmett soltó una risita, bebió un trago de cerveza y respondió:

—Me siento aliviado. Planificar la boda con mi futura suegra ha sido lo más cercano al infierno que espero estar. Es que, me cae bien, pero diablos. Esta boda tiene que ser perfecta a sus ojos.

—Bueno, es su única hija —dijo Montgomery—. Y estamos hablando del condado de Darlington.

—Aún no puedo creer que todos ya estén o casados o muy cerca de estarlo —dije, sorprendido de ver un cambio tan radical en los estados de mis amigos en tan poco tiempo—. Es como si la Oleander se hubiese convertido en un sitio para encontrar pareja o algo. ¿Qué pasó con la tradición de ser la casa de la perversidad y el pecado?

—Ah, créeme —dijo Rafe con un bufido—. Sigue siendo todo eso y más.

—Sí, solo espera a que sea tu turno —añadió Beau—. Ya verás.

—Sigo creyendo que necesitamos hacer algunos cambios —dijo Montgomery, y su gran sonrisa se desvaneció para dar paso a una expresión seria—. Cuando todos seamos miembros... —dijo mirándome—, y comencemos a trabajar para convertirnos en ancianos, tenemos que cambiar las viejas costumbres. Son enfermas.

—Suenas como Sully —dije—. Yo soy más tradicionalista. No creo que tengamos que modernizarlo todo. A veces debemos respetar la historia.

—Sully tiene razón —dijo Montgomery rápidamente—. Y no has visto ni estado en las situaciones que hemos vivido. Pronto lo harás, y tengo la sensación de que no querrás continuar con la tradición como crees.

—Bueno, no puede ser todo malo si todos han encontrado al amor de sus vidas durante la Iniciación. —Me encogí de hombros y tomé más cerveza—. Pero la mía será muy diferente a la suya. No puedo casarme con una bella, ni siquiera puedo pensar en quedarme con ella al final. A diferencia de ustedes, tengo que pensar en mi reputación y en cómo me veré en el exterior cuando todo esto termine. No puedo presentarme para alcalde como tengo pensado con una reputación mancillada. Y no puedo arriesgarme a que mi futura esposa tenga un pasado indeseable para los votantes de Darlington. Ya saben que debo preocuparme por el linaje, apellido y... es política.

Mis colegas pusieron los ojos en blanco, pero fue de buenos ánimos. Sabían lo importante que era la política para mí. Me habían preparado para seguir el mismo camino que mi padre desde que nací. Era quien era y toda mi identidad.

La Oleander, la Orden del Fantasma de Plata y la iniciación eran el último paso para que aquello sucediera. Necesitaba convertirme en miembro para conseguir todo el apoyo y respaldo necesario para asegurar los votos y ganar.

—Yo desde luego nunca me imaginé que estaría planificando una boda cuando terminase con las pruebas —dijo Emmett—. Verás lo imposible que es controlar tu destino cuando estás dentro de esas paredes. La Oleander puede llegar a ser una verdadera arpía en ese sentido. Tampoco es un hecho que vayas a aprobar porque tu padre sea un anciano. Habrá muchas pruebas que no querrás hacer y ni siquiera tu papi podrá ayudarte en ellas.

Asentí, de acuerdo con sus palabras, a pesar de que no lo creía. Verdaderamente sentía que pasar las pruebas era un tecnicismo, algo por el espectáculo. Sería un miembro y, luego de un tiempo, me convertiría en uno de los ancianos. Me habían preparado para ello.

Había una gran verdad sobre nacer y crecer en Darlington: tu libro de vida y cada capítulo en él habían sido escritos por ti.

No estaba permitido reescribirlo.

UN MES *y medio después*

—¿A qué se refiere con que renunció? —Me quedé perplejo viendo el rostro afligido de la señora H.

—Vino a verme en la madrugada y me rogó que no te despertara. Dijo que no podía continuar.

Me levanté de la cama y contemplé el espacio vacío junto a mí. El lugar donde se suponía que debía estar mi bella.

La bella que, aparentemente, me había abandonado.

—¿Dijo por qué? —Me pasé las manos por el pelo y luego busqué mis pantalones. Solo llevaba puesta ropa interior, pero estaba muy molesto para sentirme avergonzado de estar frente a la señora H así. Tal vez si iba a por ella e intentaba convencerla de que cambiase de opinión antes de que alguien se percatase...

—Los ancianos ya están al tanto. Están abajo. Han convocado a un cónclave para decidir lo que harán contigo.

Mierda. Me senté en la cama con pesadez y levanté la vista para mirar a la señora H inútilmente.

—¿Qué más dijo? No creí que todo estuviese yendo tan mal.

Era verdad que las cosas entre mi bella, Sarah, y yo, no parecían estar saliendo tan mágicamente como para todos mis mejores amigos. Ellos habían terminado con su amor verdadero, y las cosas entre Sarah y yo habían sido... bueno, bien. Solo bien.

No habíamos tenido ninguna prueba que desafiase a la muerte ni nada parecido aún. Y no se había opuesto a hacerse el tatuaje. Parecía gustarle el sexo, y el resto del tiempo, todo lo que quería hacer era ver la tele.

Lo cual me venía bien. Tenía trabajo que hacer. Pensé que teníamos algo bueno y que ambos estábamos consiguiendo lo que queríamos de este trato.

Pero ahora se había ido y me había dejado pagando por los platos rotos.

¿Qué coño?

—No dijo nada más, y ya eso no importa. Deberías apurarte, querido —dijo la señora H, y unas arrugas de preo-

cupación aparecieron en su frente—. Están esperándote y tu
padre no se ve muy feliz.

Tragué saliva y me puse en pie.

No se podía reescribir la historia. Y ahora tenía que
enfrentarme a lo que sea que tuviese en mente el destino para
mí, porque tal parecía que mi futuro era muy diferente al que
siempre había imaginado para mí.

Ningún heredero St. Claire en seis generaciones había
fallado las pruebas.

Hasta que llegué yo.

¿Te gustaría una escena adicional de un oscuro ritual de
iniciación entre Grace y Montgomery? Para sentir un
chispazo extraoscuro y sacrílego, lee la escena que fue
demasiado sombría como para incluirla en el libro.
¡Haz clic para hacerte con ella AHORA MISMO [https://
BookHip.com/LHRMTMX]!

OTRAS OBRAS DE STASIA BLACK

Dark Contemporary Romances

Amor Oscuro

Lastimada [https://geni.us/Lastimada-ES-w]

Quebrada [https://geni.us/Quebrada-ES-w]

Amor Oscuro: Una Colección Oscuro Multimillonario
[https://geni.us/AmOs-ES-w]

Dañada

Seductores rústicos

La virgen y la bestia [https://geni.us/LaViYLaBe-ES-w]

Hunter [https://geni.us/Hunter-ES-w]

La virgen de al lado [https://geni.us/LaViDeAlLa-ES-w]

Reece

Jeremiah

La bella y la rosa

La bestia de la bella [https://geni.us/LaBeDeLaBe-ES-w]

La bella y las espinas [https://geni.us/LaBeYLaEs-ES-w]

La bella y la rosa [https://geni.us/LaBeYLaRo-ES-w]

La bella y la rosa: La Colección Completa (1-3)
[https://geni.us/LaBeYLaRo-Col-ES-w]

Oscuro Romance de la Mafia

Inocencia [https://geni.us/Inocencia-ES-w]

El despertar [https://geni.us/ElDe-ES-w]

Reina del Inframundo [https://geni.us/ReDeIn-ES-w]

Inocencia: La Colección Completa (1-3) [https://geni.us/Inocencia-Col-ES-w]

ROMPIENDO BELLAS

Pecados Elegantes [https://geni.us/PeEl-ES-w]

Mentiras Encantadoras [https://geni.us/MeEn-ES-w]

Obsesión Opulenta [https://geni.us/ObOp-ES-w]

Malicia Heredada [https://geni.us/MaHe-ES-w]

Venganza Delicada

Corrupción Lujosa

VASILIEV BRATVA

Sin Remordimiento

TABÚ

La dulce niña de papá [https://geni.us/LaDu-ES-w]

GRATIS

Lastimada Escena Extra [https://BookHip.com/ZQRFM]

Conoce a los seductores [https://BookHip.com/LRAFLG]

Indecente [https://BookHip.com/DXCFWR]

SCI-FI ROMANCES

EXTRATERRESTRE DRACI

Mi obsesión extraterrestre [https://geni.us/MiObEx-ES-w]

Mi bebé extraterrestre [https://geni.us/MiBeEx-ES-w]

Mi bestia extraterrestre [https://geni.us/MiBeExt-ES-w]

Romance de un harén inverso

Unidos para protegerla [https://geni.us/UnPaPr-ES-w]

Unidos para complacerla [https://geni.us/UnPaCo-ES-w]

Unidos para desposarla [https://geni.us/UnPaDe-ES-w]

Unidos para desafiarla [https://geni.us/UnPaDes-ES-w]

Unidos para rescatarla [https://geni.us/UnPaRe-ES-w]

Gratis

Luna De Miel [https://dl.bookfunnel.com/6bj2u5fbtl]

OTRAS OBRAS DE ALTA HENSLEY

HEREDEROS Y BELLAS

Pecados Elegantes [https://geni.us/PeEl-ES-w]

Mentiras Encantadoras [https://geni.us/MeEn-ES-w]

Obsesión Opulenta [https://geni.us/ObOp-ES-w]

Malicia Heredada [https://geni.us/MaHe-ES-w]

Venganza Delicada

Corrupción Lujosa

ACERCA DE STASIA BLACK

STASIA BLACK creció en Texas y recientemente pasó por un período de cinco años de muy bajas temperaturas en Minnesota, y ahora vive felizmente en la soleada California, de la que nunca, nunca se irá.

Le encanta escribir, leer, escuchar podcasts, y recientemente ha comenzado a andar en bicicleta después de un descanso de veinte años (y tiene los golpes y moretones que lo prueban). Vive con su propio animador personal, es decir, su guapo marido y su hijo adolescente. Vaya. Escribir eso la hace sentir vieja. Y escribir sobre sí misma en tercera persona la hace sentir un poco como una chiflada, ¡pero ejem! ¿Dónde estábamos?

A Stasia le atraen las historias románticas que no toman la salida fácil. Quiere ver bajo la fachada de las personas y hurgar en sus lugares oscuros, sus motivos retorcidos y sus más profundos deseos. Básicamente, quiere crear personajes que por un momento hagan reír a los lectores y que después los tengan derramando lágrimas, que quieran lanzar sus kindles a través de la habitación, y que luego declaren que tienen un nuevo NLS (Novio de Libro por Siempre; o por sus siglas en inglés *FBB Forever Book Boyfriend*).

Website: stasiablack.com
Facebook: facebook.com/StasiaBlackAuthor

Twitter: twitter.com/stasiawritesmut
Instagram: instagram.com/stasiablackauthor
Goodreads: goodreads.com/stasiablack
BookBub: bookbub.com/authors/stasia-black

ACERCA DE ALTA HENSLEY

Alta Hensley es una autora bestseller de USA TODAY que escribe historias de romance oscuras e indecentes. También es una autora bestseller que figura entre los más vendidos de Amazon. Como autora publicada en múltiples oportunidades dentro del género romántico, a Alta se le conoce por sus sombríos y resueltos héroes alfa, sus historias de amor ocasionalmente tiernas, su erotismo picante, y sus relatos cautivantes sobre la constante lucha entre la dominancia y la sumisión.

Newsletter: readerlinks.com/l/727720/nl
Website: www.altahensley.com
Facebook: facebook.com/AltaHensleyAuthor
Twitter: twitter.com/AltaHensley
Instagram: instagram.com/altahensley
BookBub: bookbub.com/authors/alta-hensley